BLITZSAUBER

Krimis der Mörderischen Schwestern

Gudrun Bendel

Monika Deutsch

Roxana Ené

Gina Greifenstein

Rita Hausen

Angelika Lauriel

Heidi Moor-Blank

Ingrid Reidel

Marion Schmitt

Chris Silberer

crimetime

SCHWAMM DRÜBER

Wenn es um Ordnungssinn, Ungerechtigkeiten oder schmutzige Machenschaften geht, kennen Frauen manchmal keine Gnade. Aber auch Männer können in ihrem Aufräumwahn unberechenbar sein!
In der neuen Anthologie der Mörderischen Schwestern wird gemeuchelt, gemordet und vergiftet. Es geht um den perfekten Mord, und auch die Lachmuskeln werden kräftig strapaziert.

Mehr Information zu den einzelnen Krimi-Autorinnen ab Seite 187 und unter
www.crimetime-verlag.de
sowie auf Facebook und im Internet.

Die Illustrationen stammen von Roxana Ené. Sie sind im Rahmen von ROXY & KIDS ART Kinderhilfs-Projekten mit verschiedenen Stiftungen in Bukarest, Rumänien, entstanden.
Weitere Informationen unter www.roxygraphy.ro

Das vorliegende Buch ist sorgfältig erarbeitet worden. Dennoch erfolgen alle Angaben ohne Gewähr. Alle Personen und Handlungen sind frei erfunden, Ähnlichkeiten rein zufällig.

Deutsche Erstausgabe
Veröffentlicht im
crimetime-Verlag Silberer-Klein
Sossenheimer Weg 60
D-65824 Schwalbach
Deutschland
Oktober 2020

Umschlaggestaltung: Ingrid Reidel
Illustrationen: Roxana Ené
Druck: BookPress Polen
Gedruckt auf chlorfrei gebleichtem Papier

ISBN 978-3-981374933

Inhaltsverzeichnis

ORDNUNGSWAHN
Gudrun Bendel

Wer Unordnung macht, wird umgebracht!

Magdalena schleppte die vollen Einkaufstüten durch den Flur. Sie war von der Nachtschicht direkt zum Supermarkt gefahren und nun an dem Ort, an dem sie am wenigsten sein wollte: zu Hause. Es war wie immer. Sie strengte sich an, um voll beladen über die achtlos liegen gelassenen Schuhe und Taschen ihrer Kinder hinweg zu steigen. In der Küche setzte sich das Chaos fort. Auf der Arbeitsplatte trockneten Orangensaftspritzer ein, und die benutzten Frühstücksteller standen noch auf dem Küchentisch. Es ekelte sie an, die mit Marmelade beschmierten Messer und die halbleeren Becher mit kaltem Kaffee oder Kakao wegzuräumen. Dabei trat sie in die weichen Brocken des Hundefutters, die neben dem Napf lagen.

An Tagen wie diesen wünschte sie ihre gesamte Familie zum Teufel. Sie war die Putz- und Bügelfrau, Chauffeurin und Köchin für ihre beiden Kinder Caro und Hendrik. Und ihr Göttergatte Manfred machte es den beiden vor. Und wie auf Kommando piepte ihr Handy mit einer SMS von Manfred: „… wird heute spät, brauche morgen das weiße Hemd …“ Ein gelbes Grinsegesicht beendete die Nachricht.

„Du bist selbst dran schuld! Du bist zu lieb, zu freundlich, zu hilfsbereit“, beschimpfte sie sich selbst! Sie ging ins Bad, um sich die Hände zu waschen, und ignorierte die Flecken am Spiegel und die Haare im Waschbecken. Sie dachte an die letzte Nacht – an ihren Arbeitsplatz in der Klinik. Dort fühlte sie sich wohl. Im Krankenhaus herrschten Ordnung und hygienische Reinlichkeit.

Ihr Jüngster hatte seine Sporttasche einfach in die Badewanne ausgeleert. Ein Zettel lag auf der Schmutzwäsche: „Bitte waschen, nehme es mit ins Landschulheim. Küsschen!“

Sie setzte sich den Tränen nahe auf den Wannenrand. Es war zum Verzweifeln: Dreck und Unordnung, wohin sie sah, und je älter die Kinder wurden, umso schlimmer wurde es. Sie wischte sich mit dem Handrücken über die Augen. Wann war ihr Leben so aus der Bahn geraten?

Der Hund jaulte. Er musste noch raus, und sie war so müde. Hendriks verschwitzte Sportsachen erinnerte sie daran, dass sie die Waschmaschine im Keller ausräumen musste und Manfreds Hemden noch nicht gebügelt hatte. Sie schaute traurig auf ihre rauen

Hände. Sie kämmte sich mechanisch die Haare und blickte enttäuscht in das fahle, müde Gesicht im Spiegel.

„Es hilft ja nichts!“, sagte sie sich. Also nahm sie Hendriks Wäsche auf den Arm und ging hinab in den Keller. In ein paar Tagen fuhren die Kinder für eine Woche ins Landschulheim und Manfred ging wieder auf Geschäftsreise. Fünf Tage alleine zu Hause – sie war einfach nur froh, die Drei los zu sein! Sie brachte Caros frisch gewaschene T-Shirts nach oben und verscheuchte den Hund, der sabbernd um sie herumsprang. Caros Zimmer war nach den neusten Instagram-Standards eingerichtet. Das Mädchen träumte davon, Influencerin zu werden, und stylte sich dementsprechend jeden Tag kameratauglich. Der Boden war das reinste Schlachtfeld – Haufen von Blusen und Tops hatten sich auf gelöcherte Jeans und Mini-Röcke gestürzt.

In Hendriks Zimmer war es nicht viel besser. Schlimmer noch – es muffelte nach Schweiß und ranzigem Öl. Neuerdings schraubte er in seinem Zimmer an seinem Rennrad herum. Das Rennrad war direkt vor dem Fenster aufgebockt. Daneben stand ein kleiner Werkzeugtisch mit Schmieröl, dreckigen Muttern, Schrauben und Zangen. Lüften konnte er so nicht mehr. Sie liebte die Kinder, aber sie war maßlos enttäuscht, wie faul und undankbar sie waren. Über

Manfred wollte sie gar nicht erst nachdenken. Während sie die Küche aufräumte und das Mittagessen kochte, versuchte sie, sich einzureden, dass das irgendwann alles aufhören würde.

Am Abend hetzte sie übermüdet durch den Feierabendverkehr in die Stadt, um Caro pünktlich in der Volkshochschule abzuholen. Die junge Dame lernte „posen". Es gab tatsächlich einen Kurs, wie man sich vor der Handykamera in Szene setzte und sich möglichst vorteilhaft fotografierte. Magdalena fand lange keinen Parkplatz und rannte dann die letzten Meter. Caro war noch nicht da und Magdalena schnaufte durch. Sie trat ins Foyer und wartete. Sie wartete lange. Sehnsüchtig blickte sie einer Gruppe von gut gelaunten Frauen nach, die kichernd in einem Saal verschwanden. Ihre fünfzehnjährige Tochter lernte, wie man sich gekonnt in Szene setzte, während sie selbst verschwitzt in ausgeleierten Jeans dastand und einen Mantel trug, der längst in die Altkleidersammlung gehörte. Sie seufzte tief. Dann klingelte eine SMS:

„Bin noch mit Svenja in die Stadt. Nehme ein Taxi. Wird spät. Küsschen, Caro!"

Eine Ohrfeige hätte nicht schlimmer auf ihrem Gesicht brennen können. Das fühlte sich bitter und widerlich an, dieses „wie bestellt und nicht abgeholt". Frustriert sank sie in einen der unbequemen Plastikstühle und fühlte sich von Elend und Erschöpfung überwältigt. Ihre Hände zitterten und um sich an irgendetwas festzuhalten, griff sie nach einem Prospekt, das auf dem Tisch lag.

„Hallo, ich grüße sie, schön, dass sie da sind! Ich bin Nora. Gleich geht es los. Kommen sie doch bitte herein."

Magdalena hörte zuerst nicht, dass jemand mit ihr sprach. Sie stand einfach auf und wollte gehen, aber die muntere und patente Frau hakte sie einfach unter und zog sie sanft durch das Foyer zu den beiden großen Flügeltüren.

„Was wollen sie denn von mir? Das ist eine Verwechslung!", flüsterte Magdalena.

„Aber sicher nicht! Sie wollen doch zu mir?" Die Dame zeigte auf das Prospekt. „Das da – das bin ich!" Magdalena schaute auf die Broschüre. Frau Schiller schob Magdalena in den Saal und flüsterte ihr ins Ohr: „Gleich geht's los!" Sie setzte sie an einen der kleinen Tische, nahe an die Bühne, winkte fröhlich und war fort.

Magdalena raffte sich auf, um sofort wieder zu gehen. Aber das Licht ging aus. Im Halbdunkel registrierte sie, dass der ganze Saal voll von gut gelaunten, aufgekratzten Frauen war, die sich an den hübsch geschmückten Tischchen zuprosteten. Es gab appetitliche Häppchen und Magdalena spürte, wie hungrig sie war. Ihre Tischnachbarin hielt ihr aufmunternd einen Teller hin: „Bitte probieren sie doch! Es schmeckt köstlich! Das wird ein wunderbarer Abend!“ Von allen Seiten nickte man ihr freundlich zu und lächelte sie an. Und Magdalena schälte sich aus ihrem Mantel. Sie beschloss zu bleiben und badete in dem unendlich schönen Gefühl „Willkommen zu sein“.

Nora betrat die Bühne, und Applaus brandete auf. Ein Raunen ging durch den Saal. „Das ist Nora!“, flüsterte man sich zu. „Unsere Nora Schiller!“
Viele Frauen waren aufgestanden und klatschten im Takt. Nora griff zum Mikrofon: „Ordnung macht glücklich!“ „Sauberkeit ist unser Ziel!“, schallte es von der Bühne herab in den Saal. Nora stand wie eine wunderschöne Statue im Scheinwerferlicht und hatte die Arme weit nach oben gestreckt:
„Schluss mit Dreck und Schmutz! Schafft euch eine Welt, in der ihr wieder Spaß habt, in der ihr wieder Zeit habt für die wirklich wichtigen Dinge im Leben!“

Nach nur wenigen Minuten wusste Magdalena, dass Nora Schiller DIE Koryphäe für Ordnung, Reinlichkeit und Glück war. Noras Bücher über „zauberhaftes Ausmisten“ und „energetisches Aufräumen“ waren Bestseller. Ihr Ratgeber für „glückliches Putzen“ war ausverkauft.

„Sind sie auch in einer Gruppe?“, wisperte jemand

Magdalena zu. „Sie müssen in eine Gruppe kommen! Das macht so viel Spaß. Wir treffen uns zum gemeinsamen Putzen! Das sind regelrechte Putzorgien“, kicherte die Stimme. Magdalena staunte.

Oben auf der Bühne predigte Nora: „Verstaubte Regalbretter, ungeputzte Fenster und Flecken sind BÖSE!“ und „Sauberkeit ist das neue Verliebtsein!“ Einzelne Damen wurden auf die Bühne gerufen, die enthusiastisch berichteten, wie sehr sich ihr Leben zum Besseren verändert hatte, seit sie Unordnung und Dreck erfolgreich bekämpften. Magdalena klatschte mit. Sie nahm einen großen Schluck Prosecco.

„Lebt und liebt! Befreit euch von Schmutz und Gerümpel!“, rief Nora.

„Ich habe alles entsorgt, was mich belastet!“, brüllte eine Frau aus dem Dunkel: „Nora, du bist die Beste!“ Dann wurde es vollständig dunkel und Musik erklang. Es war Ravels Bolero, und schon bei den ersten Takten stampften alle mit. Nora stand in einem hellen Lichtkegel auf der Bühne und zog sich im Takt der feurigen Musik langsam und genüsslich Gummihandschuhe an. Dann holte sie einen großen Putzlappen hervor, machte einen Kniefall und schlug den Lappen im Takt zur Musik auf den Boden.

Die Frauen kreischten, und vereinzelt gab es schrille Pfiffe. Dann packte Nora einen Schrubber und vollführte einen beeindruckenden erotischen Tanz mit Gummihandschuhen, Putzlappen und Schrubber. Magdalena schaute mit offenem Mund zu. Die euphorische Atmosphäre hatte sie völlig in ihren Bann gezogen und berührte sie tief in ihrem Inneren.

Zwei Stunden später hatte Magdalena alles gekauft, was es an Noras Stand zu kaufen gab. Sie besaß nun sämtliche Bücher von Nora Schiller, und alle waren von der Autorin handsigniert. Sie hatte ein goldenes Notizbuch erstanden und gleich noch den goldenen Kugelschreiber dazu gekauft. Außerdem trug sie nun eine kleine goldene Brosche mit Noras Initialen am Sweatshirt, die ihr Nora höchstpersönlich angesteckt hatte. Magdalena war jetzt Teil der großen Nora-Schiller-Familie. Sie fühlte sich beschwingt, wie lange nicht mehr. Sie war voller Energie und guter Laune und fühlte sich zum ersten Mal seit Jahren wieder: attraktiv!

Am nächsten Morgen, es war Samstag, wartete sie, bis Manfred beim Tennis war und die Kinder beim Shoppen in der Stadt. Sie öffnete alle Fenster und lüftete gründlich durch. Dann nahm sie Noras Bücher und hockte sich im Schneidersitz auf eine Decke in den Garten. „Ein Plan ist wichtig!", hatte Nora gepredigt. So verbrachte Magdalena den gesamten Vormittag:

Blätterte in Noras Büchern und machte sich eifrig Notizen in ihr goldenes Buch. Dann ging sie durch das stille Haus und besichtigte jedes Zimmer und jeden Raum unter völlig neuen Gesichtspunkten. In der Küche wusch sie ihren Kaffeebecher ab – und nur ihren Becher. Sie würde ab jetzt nur noch für sich selbst sorgen.

Der Köter schnaufte in seine Futterschüssel und sabberte den Fußboden voll und erinnerte sie – an Manfred. Sie betrachtete den Hund und schaute in ihr goldenes Notizbuch. Dann machte sie einen Anruf. Danach duschte sie, obwohl es Mittagszeit war, zog sich ihre beste Jeans an und notierte in ihrem Notizbuch: „Friseurtermin machen“ und „neuen Lippenstift kaufen“. Magdalena nahm den freudig wedelnden Hund an die Leine, brachte ihn zum Auto und gab Gas.

Sie zögerte nur einen kleinen Moment, als sie die 250 € in bar auf den Tisch des Tierheims legte. Sie hatte alle Papiere dabei und die Geschichte der Hundehaarallergie bei sämtlichen Familienmitgliedern glaubhaft versichert.

Natürlich wurde sie zu Hause beschimpft. Aber darauf war Magdalena vorbereitet gewesen. Es gehörte zur Strategie, Spuren zu verwischen, um zum Ziel zu kommen. Denn natürlich war ihr das Tier einfach entwischt, entlaufen, abgehauen. Und NATÜR-

LICH fand der Hund nicht nach Hause zurück. Vier Tage lang dauerte das tränenreiche Drama. Manfred versprach, dass es nach den Sommerferien einen neuen Hund geben würde. Und Magdalena lächelte, als sie den Futternapf in der Mülltonne entsorgte.

Sie nutzte die kollektive Trauer um den Köter, um sich unbemerkt neu einzukleiden. Zudem besuchte sie den teuersten Friseur der Stadt. Manfred schaute sie komisch an und stutzte, aber dann endlich reisten die Drei ab. Manfred fuhr in die neue Niederlassung nach Bad Pyrmont und die Kinder ins Landschulheim.

Magdalena fuhr schnurstracks in eine Drogerie. Dort kaufte sie für das große Fest, die große Party ein: Dutzende Rollen von Müllsäcken in unterschiedlicher Stärke: reißfest, wasserdicht, geruchsneutral oder kompostierbar, in blauer, schwarzer oder grüner Folie. Dazu kamen neue Schrubber, neue Besen, Eimer und etliche Rollen Klebeband. Gummihandschuhe kaufte sie in Rosa, Grün und Gelb. Außerdem füllte sie sich eine Schatzkiste mit bunt schimmernden Juwelen: Spülmittel in Bernsteingelb und Rubinrot, smaragdgrüne und saphirblaue Putzmittel und perlweißes Scheuerpulver. Und vor allem Essig-Essenz – funkelnd klar wie flüssiger Bergkristall. Für die wirklich hartnäckigen Flecken packte sie noch drei silberne Flaschen Chlorreiniger oben drauf! Sie fuhr singend mit ihrem Schatz nach Hause, bereit für die große Schlacht. Ihr blieben nur fünf Tage Zeit, bis ihre Familie wieder zurückkehren würde.

„Radikalität" war das Zauberwort, hatte sie bei Nora gelesen. Zögern und Zaudern mussten unter allen Umständen unterdrückt werden. Es galt, harte Entscheidungen schnell zu treffen. In welchem Zimmer sollte sie beginnen? Caro! Sie öffnete den Kleiderschrank ihrer Ältesten und flüsterte: „Das gibt's doch nicht!" Eine Mischung aus sauberer und getragener Kleidung und einem vergammelten Apfel oder einer Birne türmte sich zu einer undurchdringlichen Wand vor ihr auf. Sie griff nach dem erstbesten Ärmel, der heraushing und zog mit aller Kraft. Was zur Folge hatte, dass der herausplatzende Inhalt des Schrankes sie fast unter sich begrub. Sie rettete sich mit einem Sprung zur Seite. Alles raffte sie zusammen und stopfte es in Müllsäcke, die sie mit reißfestem Band zuklebte. Einige wenige Teile packte sie in einen kleinen Koffer. Nachdem der Schrank völlig leer war, widmete sie sich hingebungsvoll den Regalen und dem Schreibtisch. Und die großen blauen Mäuler der 120 Liter Säcke waren unersättlich und fraßen alles in sich hinein. Magdalena fühlte sich lebendig und kraftvoll wie eine Naturgewalt.

Alles flog raus! Wirklich ALLES! Die Gardinen

plumpsten ihr samt Stange vor die Füße. Weg damit! Mit jedem Teil, jedem Sack, den sie zum Auto trug, fühlte sie sich beschwingter und leichter. Sie fühlte sich um Jahre jünger. Warum nur hatte sie so lange gewartet? Sie fegte das Zimmer aus und bewunderte ihre Arbeit. Sie hatte ganz vergessen, wie groß das Zimmer war. Sie kam auf neun Müllsäcke in Caros Zimmer und entsorgte sie im Wertstoffhandel und in der nahegelegenen Altkleidersammlung.

Hendriks Zimmer passte in sechs Müllsäcke. Auch hier packte sie das Nötigste in eine kleine Sporttasche und stellte sie neben Caros Köfferchen in die Küche. Das Rennrad stellte sie ohne Schloss an den Gartenzaun. In der Abenddämmerung räumte es jemand anders weg.

Mit Wonne presste sie Manfreds Anzüge und gebügelte Hemden in vier Müllsäcke. Es war wunderbar, – die leeren Schränke und Regale auszuwischen.

Immer, wenn ein Zimmer fertig war, fegte und putzte sie. Und wenn es sein musste, ätzte sie alten Dreck mit der Chlorbleiche weg. Sie brauchte zwei Tage, um die persönliche Habe ihrer Familie komplett zu entsorgen, und jeden Abend betrachtete sie verliebt ihr Werk: Wie schön, wie licht und hell das Haus nun war! Aber das Ausräumen kostete doch mehr Zeit als sie gedacht hatte. Sie überlegte und schaute in ihr goldenes Notizbuch. Eigentlich waren immer noch zu viele Regale und Schränke übrig. Jetzt, wo die wuchtigen Dinger leer und nutzlos waren, konnten diese doch auch weg.

Magdalena bestellte die Profis. Die Männer von der Haushaltsauflösung kamen noch am gleichen Tag. Magdalena war auf den Geschmack gekommen, sich selbst nicht mehr die Hände schmutzig zu machen. Eine Entrümpelungsfirma sorgte für einen leeren Dachboden und einen leeren Keller. Sie selbst trug während der Aktion High Heels und schritt mit einer Rolle goldener Klebepunkte durch ihr Haus und klebte einen Punkt auf alles, was sie nicht glücklich machte. Und die starken, freundlichen Männer von der Müllabfuhr und vom Sperrmüll sorgten dafür, dass alles auf nimmer Wiedersehen verschwand.

Am Abend des vierten Tages lag sie in der Badewanne, genoss das Bad und ein Glas Sekt im Kerzenschein und freute sich an der Leere und Sauberkeit in ihrem Haus. Allerdings gab es ein kleines Problem: Morgen würden die Kinder nach Hause kommen.

Sie holte die beiden nörgelnden Teenager am Bahnhof ab. Magdalena selbst strahlte vor guter Laune. Sie wollte nicht herzlos sein und gönnte den beiden und sich selbst ein letztes gemeinsames Mittagessen in der Pizzeria. Wobei Magdalena darauf achtete, dass die beiden ihre Apfelsaftschorlen tranken. „Nur eine kleine Fahrt über Land", flötete Magdalena, als die beiden im Auto saßen, „Ich habe euch so lange entbehrt und vermisst."

Caro schlief sofort ein, Hendrik gähnte zunächst herzhaft, bis er ebenfalls wegsackte. Die Dosis in der Schorle war genau richtig gewesen. Sie würden schlafen, lange schlafen. Sie fuhr fast die ganze Nacht durch. Im Morgengrauen erreichte sie ihr Ziel: ein einsames Gebäude mit dicken Mauern, abseits von jeder Zivilisation. Nachdem sie geklingelt hatte, öffnete sich das große Holztor, und Magdalena fuhr in den Hof. Eine Nonne in weißem Habit begrüßte sie freundlich. „Das sind die beiden?"
Magdalena nickte.

„Wir werden das Problem mit den Drogen in den Griff bekommen. Das verspreche ich ihnen. Aber wie gesagt, mindestens neun Monate darf es keinen Kontakt geben. Die beiden müssen sich an ein völlig neues Leben gewöhnen!"

Magdalena stellte Koffer und Reisetasche ab, streichelte ihren dösenden Kindern über den Kopf und flüsterte: „Das ist nun euer neues Zuhause. Wir sehen uns zum Abitur wieder, und dann sehen wir weiter!"

Caro und Hendrik schliefen tief und fest, als sie von zwei starken Männern ins Haus getragen wurden.

Als Magdalena zu Hause ankam, rief sie den örtlichen

Schlüsseldienst an und ließ die komplette Schließanlage austauschen. Am fünften Tag begannen die Maler und Tapezierer mit der Renovierung. Sie ließ alles in Creme, Taupe und Himmelblau streichen, dazu arrangierte sie einige wenige ausgesuchte Möbel. Im ganzen Haus wurde weißer Teppichboden verlegt. Doch es gab noch immer ein Problem, das ihr zu schaffen machte: Manfred! Er würde nach dem Wochenende nach Hause kommen. Magdalena betrachtete verliebt ihre frisch manikürten Fingernägel. Am besten, er würde gar nicht mehr nach Haus kommen. Sie war für saubere Verhältnisse!

Entschlossen verließ sie am Nachmittag das Haus. Sie trug ein elegantes Kostüm und hochhackige Pumps. Sie wollte zu Manfred, um die Scheidung mit ihm zu besprechen. Am besten war es, er würde in Bad Pyrmont bleiben.

Es war schon spät, als sie auf den Parkplatz des Hotels fuhr. Während sie im Dunkeln über den Parkplatz auf den Eingang zuging, stutzte sie. Das war doch Manfred, der auf einem der Balkone im Erdgeschoss rauchte. Bei seiner Höhenangst nahm er immer nur Zimmer im Erdgeschoss. Er ging ins Zimmer zurück. Das Licht flammte kurz auf, dann war es stockfinster.

Sie ging leise zum Balkon, und aus einem Impuls

heraus kletterte sie über die Brüstung und stieß fast den schweren Metallaschenbecher herunter, der auf dem Balkonsims stand. Sie fing ihn auf und presste ihn fest an sich. Magdalena hörte erstaunt Manfreds Stimme, süßlich säuselnd, durch die angelehnte Glastür. Dann vernahm sie ein fremdes Kichern. Magdalena erstarrte. Das war das Kichern einer Frau. Und sie hörte Manfreds Grunzen. DIESES bestimmte Grunzen, und sie wusste, was die beiden da drinnen gerade veranstalteten. Das „Oh!“ und das „Ah!“ hörten sich verdächtig nach Manfreds Sekretärin an.

Magdalena blieb die Luft weg. Manfred betrog sie. Wie hatte sie nur so dumm sein können? Sie presste sich die Hand auf den Mund, um nicht loszuschreien. Ihr Herz pumpte. Dann hörte sie Flüstern und Gekicher und eine Tür, die ins Schloss fiel.

Urplötzlich trat Manfred mit einer angezündeten Zigarette auf den stockfinsteren Balkon. Er nahm einen tiefen Zug und schaute in die Nacht, während Magdalena aus dem Schatten trat. Er ließ vor Schreck die Zigarette fallen, als sie ihm ins Gesicht schlug. Allerdings hatte sie noch immer den schweren Metallascher in der Hand. Damit traf sie ihn genau an der Schläfe. Manfred kippte nach hinten weg über die Balkonbrüstung und schlug mit dem Hinterkopf auf die Steinplatten darunter. Etwas knackte furchtbar, er röchelte noch kurz und blieb dann regungslos liegen.

Magdalena sah trotz der Dunkelheit, dass er blutete. Panisch kletterte sie über den Balkon und fühlte am Hals nach seinem Puls. Nichts! Sie rang nach Luft, als sie sich aufrichtete: Sie hatte ihren Mann erschlagen.

In Windeseile rannte sie zum Wagen, immer noch den Ascher in der Hand. Sie warf ihn auf den Beifahrersitz, startete das Auto so leise wie möglich und fuhr nach Hause. Das Mordwerkzeug warf sie unterwegs aus dem Fenster in den Wald.

Als sie schließlich im Morgengrauen in die Garage fuhr, fühlte sie sich schon gar nicht mehr so schlecht. Sie duschte heiß und räumte ihre Kleidung weg, putzte die Dusche und das Waschbecken, polierte die Armaturen und setzte sich mit einer starken Tasse Kaffee an den Esstisch. Dann wartete sie darauf, dass man ihr die traurige Botschaft überbrachte.

Zwei freundliche und sehr verständnisvolle Polizeibeamte brachten ihr den Tod des Gatten schonend bei. Ihr Ehemann hatte sich bei einem unglücklichen Sturz vom Hotelbalkon das Genick gebrochen.

Magdalena schluchzte auf. Sie presse ihr Gesicht in ein frischgewaschenes, duftendes Spitzentaschentuch und war so glücklich wie zuletzt bei ihrer Hochzeit. Jetzt war sie Witwe, vermögend und noch glücklicher. Sie liebte ihr frisch renoviertes Haus. Alles war leicht und einfach zu reinigen, und da wenig herumstand, war Platz im Überfluss. Das Haus strahlte Ruhe und Frieden aus. Und niemand störte ihre Idylle.

Nach und nach begann sie auszugehen und traf Michael. Michael hatte Glatze, das bedeutete keine Haare im Ausguss oder auf dem Kopfkissen. Außerdem war er Chirurg. Er war ledig und ordentlich und roch immer leicht nach Desinfektionsmittel, was sie fast um den Verstand brachte. Er war perfekt.

Sie besuchte weiter Noras Veranstaltungen und wurde ihr größter Fan. Noras Programm wurde auch zu Magdalenas Berufung. Schon bald arbeitete sie für Nora und deren Unternehmen. Magdalena hielt nun selbst Vorträge und verkaufte Noras Bücher auf Provisionsbasis. Wobei Magdalena noch ein kleines Bisschen euphorischer und radikaler war als Nora selbst. Magdalena prägte ihren eigenen Slogan:
„Was Unordnung macht, wird umgebracht!"
Sie wurde Noras beste Mitarbeiterin.

Magdalena schwebte auf Wolke Sieben, als Nora ihren Besuch ankündigte. Ihr Vorbild, ihr Idol würde in ihr perfektes Haus kommen. Es gab so viel zu zeigen und zu besprechen.

Endlich war es soweit. Nora nahm auf dem cremefarbenen Sofa im Wohnzimmer Platz. „Wie schön es hier ist", schwärmte Nora „weißer Teppich-

boden! Sie haben Geschmack, meine Liebe!"
Magdalena war glücklich. Sie reichte Nora Tee und Gebäck. „Bitte bedienen Sie sich!"

Nora griff zu und lobte das exquisite Teegeschirr. Als Nora sich mit der Serviette die Lippen betupfte, geschah es: Ein kurzes dunkles Haar, das auf Noras Bluse geklebt hatte, löste sich und blieb im cremefarbenen Wollstoff von Magdalenas Couch hängen. Magdalena erstarrte zur Salzsäule. Sie starrte wie hypnotisiert auf das furchtbare Unglück. Da war ein fremdes Haar auf ihrer Couch. Magdalena wurde es eng in der Brust. Sie hatte das Gefühl, nicht mehr atmen zu können. Sie entschuldigte sich mit rauer Stimme und ging mit steifen Knien in die Küche.
Wut und Ekel fluteten durch ihren Körper. Sie riss die Besteckschublade auf und keuchte. Sie konnte an nichts anderes denken:
„Nora hatte gelogen! Nora machte Dreck!"

Als sie ins Wohnzimmer zurückging, entdeckte sie fassungslos einen winzigen Krümel zu Noras Füßen. Magdalena presste die Hand mit dem Tranchiermesser fest hinter ihren Rücken.

„Wer Unordnung macht – wird umgebracht!"

HINDERNISSE SIND DAZU DA, ÜBERWUNDEN ZU WERDEN

Heidi Moor-Blank

Jetzt! Jetzt geht es los mit meinem großen Projekt. Ich schreibe einen Roman. Einen Kriminalroman. DEN Kriminalroman! Ich sprudele nur so über vor Ideen und weiß auch schon die erste Zeile! „Es war eine dunkle, stürmische Nacht.“

Jetzt steht er da. Auf dem Bildschirm meines Laptops. Dieser wichtige erste Satz!

Und dann ist er verschwunden. Komplett weg, Satz, Textprogramm, der Bildschirm schwarz. Ja, ich hatte den Akku nicht geladen, aber das Ladekabel steckt doch in der Steckdose?

Ich krieche auf allen vieren über das Sofa, halb unter das Bücherregal und fühle nach der Stromverbindung. Alles gut! Aber der Laptop bleibt dunkel. Ausgerechnet jetzt, wo mir dieser fantastische erste Satz eingefallen ist! Der Kugelschreiber, der neben der Dreiersteckdose unter dem Regalbrett rumliegt, kommt mir gerade recht. Ich sollte mal wieder Staub saugen. Aber zuerst muss ich mir diesen Satz notieren!

Ich laufe in die Küche und schreibe auf das erste Stück Papier, das mir in die Hände fällt: „Es war eine stürmische, pechschwarze Nacht.“ Ja, ich weiß, Schecks sollte man auf der Rückseite nur unterschreiben, aber das hier war wichtig! Fantastische Textideen verschwinden genauso schnell, wie sie im Hirn aufblitzen und kommen niemals wieder!

Ich brauche einen Plan. Und ich brauche noch mehr Papier oder einen funktionierenden Computer, oder – Kaffee! Ich sollte mir erst mal einen Kaffee kochen. Damit lässt es sich besser denken und planen.

Der Wasserkocher ist tot. Die zweite elektrische Leiche auf meinem Weg zum Kriminalroman. Mir kommt ein Verdacht, und ich öffne langsam den Kühlschrank. „Es war ein leerer, pechschwarzer Kühlschrank“, murmele ich vor mich hin und starre in die dunkle Öffnung. Ich sollte mal wieder einkaufen. Schnell schlage ich die Tür zu und tippe auf den Lichtschalter. Nichts. Aha! Stromausfall. Kurzschluss ...?

Ich renne die Kellertreppe hinunter und reiße den Verteilerschrank auf. Seltsam. Alle Sicherungen sind in Ordnung! Ich laufe wieder nach oben, aus der Haustür, über die Straße zur Nachbarin. Ich klingele

Sturm, brauche dringend Papier und noch dringender Kaffee, aber keiner öffnet. Natürlich sehe ich, wie sich die Gardine im oberen Stock bewegt. Wie erbärmlich! Meine Nachbarin ignoriert mich! Blitzschnell überlege ich, ob ich vielleicht noch irgendwas Geborgtes von ihr zu Hause habe. Oder hab ich was Falsches gesagt? „Behalt' doch deinen Scheiß-Kaffee!", knurre ich und tappe die Eingangsstufen hinunter, als sich hinter mir die Tür öffnet.

„Habt ihr auch keinen Strom? Nichts funktioniert, kein Herd, kein Staubsauger, keine Waschmaschine – und natürlich auch keine Klingel! Ich hab dich nur durch Zufall hier stehen sehen." Ich lächle, nicke und verzeihe ihr sofort.

„Ja!", sage ich und stelle fest, dass man unsere hausfraulichen Fähigkeiten sofort daran festmachen kann, woran wir einen Stromausfall erkennen. „Eigentlich wollte ich gerne einen Kaffee, aber wenn ihr auch keinen Strom habt …?" Ich denke an die stürmische, regnerische Nacht und frage: „Hast du vielleicht eine Schreibmaschine? So eine ohne Strom?"

Eifrig nickt sie und winkt mich rein. Das Farbband ist strohtrocken und gibt kein bisschen Schwarz mehr ab, aber sie hat ein Neues. In Cellophan eingeschweißt. Ich seufze tief. Sie ist so perfekt! Schrecklich.

Die Euphorie lässt mich die Schmerzen vergessen, als ich beim Einfädeln des neuen Farbbandes zufällig an einen Hebel komme und der rübersausende Wagen drei Fingernägel meiner linken Hand abreißt. Einen davon komplett. Blut tropft über die Walze in die Maschine.

Wie passend für eine Krimiautorin!

„Schnell, gib mir ein Blatt Papier! Wenn ich das über die Walze rolle, gibt das ein fantastisches Cover!"

Sie starrt mich an. Und hebt die Schultern. Kein Papier? Was für ein schlampiger Haushalt!

Notdürftig verbunden durch ein Küchentuch halte ich ihr gleich darauf die Schreibmaschine unter die Nase. „Kann ich die mitnehmen?"

Kurze Zeit später stehe ich vor meiner Haustür. Ich bin draußen, mein Schlüssel liegt drinnen auf der Kommode. Ich habe eine Schreibmaschine, aber kein Papier und tausend neue Ideen für meinen Roman. Es wird langsam dunkel, und mir wird kalt, und ich fluche. Ich umrunde das Haus und trage die Schreibmaschine wie bei einer Prozession vor mir her. Meine verletzte linke Hand pocht, ich brauche immer noch einen Kaffee und jetzt auch noch dringend eine große Schmerztablette.

Ein gekipptes Fenster im Wohnzimmer lässt mich aufatmen. Schnell ist die Schubkarre an die Wand gelehnt und mit einem alten Spaten verkeilt. Wie gut, dass nicht alles im Gartenhäuschen eingeschlossen ist!

Ich steige hoch, die Schreibmaschine unter den rechten Arm geklemmt. Die linke Hand schmerzt bei jeder Bewegung, trotzdem schaffe ich es, durch den Spalt den Griff des anderen Fensterflügels zu bewegen und zu öffnen. Ich packe die Schreibmaschine wieder mit beiden Händen und lasse mich langsam über die Fensterbank nach innen gleiten. Mein Plan ist, die Schreibmaschine auf dem Fußboden abzustellen und mich einfach abzurollen.

Mein Ellenbogen streift etwas unsanft den fast zimmerhohen Kaktus auf dem kleinen, wackeligen Hocker. Der Kaktus lehnt sich ganz langsam über die Fensterbank und meinen Nacken. Lange Stacheln bohren sich in meinen Hals und Rücken. Ich erstarre. Die Schreibmaschine baumelt zehn Zentimeter über dem Boden, und während ich noch überlege, ob ich sie einfach fallen lassen kann, ohne das Parkett zu zerkratzen, flammt plötzlich der Laptopbildschirm auf. Das Radio beginnt zu dudeln, und über mir beginnt ein leises Surren. Der elektrische Rollladen, der sich gleich darauf in meine Nierengegend senkt, tackert mich – in Zusammenarbeit mit den Kaktusstacheln – gnadenlos auf dem Fensterbrett fest.

Ich starre auf den Bildschirm. „Es war eine dunkle stürmische Nacht.“ Und irgendwo bellt ein Hund.

EINFACH NUR ZU VIEL GEPUTZT

Ingrid Reidel

Also ich weiß ja nicht, wie's Ihnen geht, aber ich bekomme immer solche Anwandlungen, wenn Besuch ansteht. Na ja, zum Beispiel wenn die Schwiegermutter kommt oder gleich der ganze Clan. Dann wird bei mir den ganzen Tag geschrubbt und gewienert. Ich schüttle die Kissen aus, in denen sich die Krümel der täglichen Chips-Orgien meines Mannes vor dem Fernseher befinden. Die treten sich im Teppich fest, den ich dann mit Teppichschaum behandeln muss. Oder räume seine Bierflaschen weg, in denen sich meistens noch abgestandene, abstoßend riechende, flüssige Reste befinden. Neulich habe ich sie aus Versehen umgestoßen, und das Bier landete auch noch auf meinem wertvollen Perserteppich aus der Türkei.

Mein Mann sagt immer: „Mach es doch hinterher, Schatz, wenn alle wieder fort sind. Da kommt sicher noch mehr dazu.“ Aber ich finde, dann sieht man ja gar nicht, dass alles blitzblank geputzt ist.

Ach ja, mein Mann. Wir sind seit fünfundzwanzig Jahren verheiratet, und, wie soll ich sagen, es ist auch nicht mehr alles Gold, was glänzt. Der erste Lack ist sozusagen ab. Und das im wahrsten Sinne des Wortes. Die Fenster müssten mal wieder neu gestrichen werden, in der Diele fehlen zwei Lampenbirnen … und in der Küche sieht es mittlerweile auch aus wie bei Hempels unterm Sofa. Die Heizung im Wohnzimmer ist kaputt, das Garagentor klemmt, und die Waschmaschine eiert vor sich hin. Aber wenn ich ihn darauf anspreche, dann geht er demonstrativ aufs Klo; mit seiner Zeitung und seiner Zigarette. Natürlich ganz ohne Aschenbecher.

Heute wieder genau das Gleiche. Und ich hatte vorher versucht, die Schüssel mal richtig sauber zu machen; also genau genommen wollte ich den Kalkstein unter dem WC-Rand entfernen. Der war jedoch so hartnäckig, dass ich zu etwas schärferen Mitteln greifen musste. Waschbenzin, feuergefährlich und hoch explosiv, aber äußerst wirksam. Schon beim ersten Versuch sah es viel besser aus.

Und als mein Mann auf die Toilette ging, mit seiner Zeitung und seiner Zigarette, die er zum Schluss in die Kloschüssel schmeißt, da machte es auf einmal puff. Also so richtig puff-paff. Das gesamte Haus und der Hof samt Schuppen flogen in die Luft. Gefolgt von einem Wahnsinns-Feuerinferno!

Ich betrachtete das ganze Spektakel von oben vom

Waldesrand aus, wo man einen wunderschönen Panoramablick auf Weinheim hat und unser Haus. Ich hatte einfach mal raus gemusst. Wollte ein bisschen frische Luft schnappen, mit der Police von der Versicherung, die er einmal für mich abgeschlossen hatte, in meiner Handtasche.

Und da saß ich nun mit meinem Fernglas auf einem Stein und schaute ins Tal.

Und ich muss sagen, es war wirklich ein Inferno. Das lag vielleicht auch daran, dass ich immer literweise Waschbenzinvorräte hinter dem Vorhang des Badezimmerschränkchens lagere. Also genau neben den zwei Tüten Haarspray mit brisantem Treibgas und den Schnellanzündern für die Gastherme. Für alle Notfälle, ein Hamsterkauf. Und dann zwang mich auch noch die derzeitige Krisenlage dazu, bergeweise Klopapier zu horten, das leider nur allzuleicht entzündbar ist.

Auch das mit der Police von der Versicherung war gut. Ich meine, dass ich sie mit nach draußen genommen habe. Dadurch habe ich sie sozusagen gerettet. Sonst hätte ich nie erfahren, dass die Versicherungsgesellschaft zahlt. Ich hatte nämlich so einen siebten Sinn, dass ich da mal reingucken sollte. Und tatsächlich, sie übernimmt alle Kosten bei Unfällen im Haushalt – samt Beerdigung mit Trauerfeier, Sarg, Blumenschmuck und fünfundzwanzigjähriger Grabpflege beim etwaigen Tod von Angehörigen.

Natürlich ist die Polizei gekommen. Sogar die Kripo. Haben mich ausgequetscht, wie das denn passieren konnte mit der Explosion. Rein vorsorglich, versteht sich. Die wollten halt alles wissen. Reine Routine.

„Hach, mein Mann war so ein netter Mensch", sagte ich, während ich in mein Taschentuch schnupfte.

„War Ihr Mann Raucher?", fragte einer der Beamten.

„Ja, seit ich ihn kenne, raucht er wie ein Schlot."

Es war auch eine Beamtin dabei, vielleicht so mein Alter. Sie hatte fast den gleichen durch lange Ehe gefrusteten Blick wie ich. Sie nahm mich zur Seite und musterte mich. Dann fragte sie mich aus.

„War er manchmal pampig Ihnen gegenüber, Ihr Mann?"

„Nein, nein, nicht dass ich wüsste", beteuerte ich mit weichen Knien. „Nun ja vielleicht gelegentlich", schob ich nach.

„Und war er faul und unordentlich, brachte den Müll nicht raus, ließ die Socken im Badezimmer liegen?"

„Nun, eigentlich so gut wie nie", gab ich zur Antwort. „Na ja, vielleicht ein- oder zweimal."

„Und andere Frauen? Ist er ab und zu fremd gegangen?“, wollte sie weiter wissen.

„Neeein“, beteuerte ich mit Unschuldsblick, „wie kommen Sie denn darauf? Nun ja, wenn Sie mich so fragen, hin und wieder ging er zu solchen Mädchen, Sie wissen schon …“

„Aha“, murmelt sie. „Und dann noch die Versicherung. Gute Sache.“

„Zwei Millionen“, raunte ich.

„Hm“, raunte sie zurück. „Da haben Sie ja Glück gehabt.“ Dann erhob sie ihre Stimme und sagte ganz laut, so dass es ihre Kollegen hören mussten.
„Für mich ist der Fall geklärt: Diese Frau hier hat einfach nur zu viel geputzt.“

„Danke“, flüsterte ich ganz leise.

ANGERICHTET

Angelika Lauriel

„Wie das duftet!“, rief Lissy aus, als sie vom Esszimmer in die Küche kam. Fox hatte gerade den Römertopf geöffnet, um den Gargrad des Rinderbratens zu überprüfen, und den tönernen Deckel wieder über das lieblich schmurgelnde Fleisch geschoben. Lissy wischte rasch die Wassertropfen weg, die der Deckel auf der Arbeitsplatte hinterlassen hatte. Fox grinste, schloss die Backofentür, zog den Handschuh aus und drehte sich um.

„Tja, die Kids verpassen was. Das ist erstklassiges Fleisch, und der Rotwein wird der Soße den ultimativen Kick geben.“ Fox liebte es, privat zu kochen, weil er Gerichte für wenige Menschen besser abschmecken konnte. Mit Teelöffeln und Messerspitzen zu hantieren hatte für ihn viel mehr Ritualcharakter, als die Kräuter und Gewürze mit Schöpfkellen in die großen Kochtöpfe der Kantine zu schütten.

Lissy legte die Hand auf seine Hüfte und schmatzte ihm ein Küsschen auf die Wange. „Dafür waren sie doch an Weihnachten da. Beschwer dich nicht.“

Die Klingel ertönte. „Ah, da kommen die Ersten."

Lissy griff nach der Weinkaraffe, die Fox auf dem Tresen vorbereitet hatte, rieb mit dem Daumen einen unsichtbaren Tropfen vom Hals und stellte sie auf dem festlich gedeckten Tisch ab, bevor sie das Esszimmer durchquerte, um den Hausflur zu betreten. Kurz darauf hörte Fox die Stimme seines Bruders Mick. Dessen Worte konnte er nicht verstehen, doch Lissy klang enttäuscht, als sie ausrief: „Ach nein! Das ist aber Mist."

Gemächlich ging Fox ins Esszimmer und griff nach dem Rotwein. Mick und Lissy traten gerade ein. Ohne Mona, Micks Frau. Fox ahnte, warum sein Bruder allein herkam, und schenkte Wein in drei der fünf bereitgestellten Gläser.

Mick überreichte Lissy eine Auflaufform mit dem Nachtisch zum Kühlstellen, dann umarmte er Fox herzlich. „Danke für die Einladung! Wir haben Silvester schon zu lange nicht mehr zusammen gefeiert."

Fox lächelte seinen Bruder an, dessen beschlagende Brillengläser ihm ein eigenartiges Aussehen verliehen. Mick nahm die Brille ab. Seine Wangen waren von der Kälte gerötet, ein Anflug von Unmut zeichnete sich um die Augen ab. „Tja, alter Fuchs, ich bin allein. Mona ist heute Nachmittag in die Klinik beordert worden. Doktor Du-weißt-schon-wer ist nicht aufgekreuzt, sie musste für ihn einspringen. Dass die Kids nicht mitkommen, wusstet ihr ja."

Fox war völlig klar, dass Doktor Nürnberger, dessen eigentlichen Namen die ganze Familie mied, heute nicht arbeiten konnte. Dennoch zog er fragend die Augenbrauen hoch, um sie gleich darauf missbilligend zusammenzuziehen. „Ach, ist Doktor Jammerlappen mal wieder indisponiert?" Er machte eine wegwerfende Handbewegung. „Wen interessiert der schon? Soll er bleiben, wo der Pfeffer wächst."

„Immer Doktor N.", murrte Lissy. „Das Rhinozeros ist wie ein entzündeter Pickel mitten auf dem Hintern."

Mick nickte. „Ist heute anscheinend viel los auf der Station."

Fox zuckte die Achseln. „Ist es doch immer, und es gab auch schon öfter viele Krankenscheine. Es wird nicht gleich alles zusammenbrechen, bloß weil Doktor Jammerlappen nicht da ist." Fox wollte in seinem Weihnachtsurlaub keine Gedanken ans Klinikum verschwenden – oder an die Kantine, deren Trubel, Lärm und Gerüche er nicht vermisste. Stattdessen hatte er zwischen den Feiertagen den gesamten Keller auf- und umgeräumt, endlich die Küche eingeweiht und Lissy, die diese Woche hatte arbeiten müssen, mit einem neuen, großen Tiefkühlschrank überrascht.

Die größte Freude für Lissy war jedoch die nagelneue Kellerküche, in der er in Zukunft seine Spezialitäten zubereiten würde. Die Küche oben in der Wohnung würde also blitzblank bleiben, so wie Lissy es liebte.

Gewurstet hatte Fox bereits, und Lissy hatte ihm gesagt, wie sehr sie es genossen hatte, dass er das jetzt ganz in seinem neuen, eigenen Reich tun konnte. Von den frischen Misch- und italienischen Weißbroten, mit denen er seinen Steinbackofen auf der Terrasse eingeweiht hatte, war sie begeistert gewesen und hatte gleich einen Haufen leckerer Antipasti für Silvester gezaubert. Die Kinder hatten einen Teil davon zu ihrer Party mitgenommen. Die Arbeit im Keller hatte Fox nach den zermürbenden Monaten, die hinter ihm lagen, geholfen, endlich den Kopf frei zu bekommen und die Dinge in die Hand zu nehmen, die seit drei Jahren in ihm gegärt hatten. Seit die Sache mit Mutter passiert war.

Erstaunlich, dass Lissy den Namen des Arztes überhaupt aussprach, den sie sonst nur ›Rhinozeros‹ nannte, obwohl jener im Gegensatz zu dem Tier eher schmächtig wirkte. Auch Lissy hatte Unmenschliches ausgestanden, während ihre Schwiegermutter auf Station X0-311 gelegen hatte. Als aus Tagen im Koma Wochen, dann Monate geworden waren. Fox wusste, wie sehr Lissy darauf gehofft hatte, dass ein Wunder den Fehler von Doktor Rhinozeros wieder ausbügeln würde. Täglich hatte sie ihre Schwiegermutter besucht und alles dafür getan, sie mit beschwörenden Worten ins Leben zurückzurufen. Leider ohne Erfolg.

Sie alle hatten sich machtlos gefühlt, vor allem, da Mona ihnen versicherte, dass man ihrem Arztkollegen keinen Kunstfehler würde nachweisen können. Der Fall war zu kompliziert.

„Du-weißt-schon-wer ist nicht aus dem Weihnachtsurlaub zurückgekommen." Mick setzte sich. „Um ehrlich zu sein, vermisst Mona ihn nicht sehr. Wenn er länger wegbleibt, spielt sich alles auch ohne ihn ein, meinte sie."

„Aber Doktor Jammerlappen ist doch die gute Seele der Station, oder nicht?" Lissys Stimme troff vor Sarkasmus.

„So sieht er sich zumindest, das ist richtig", stimmte Fox ihr zu. In diesem Moment läutete es erneut an der Tür. „Setzt euch schon mal, wir können gleich mit den Antipasti beginnen", sagte Fox, ging zur Haustür und öffnete sie für seine Schwester, die bibbernd davorstand. Sie streckte ihm zwei Flaschen Crémant entgegen. „Hier, die sind gekühlt. Die trinken wir heute. Endlich Urlaub!"

„Komm erst mal rein." Fox trat zurück, dann blieb er stehen, sodass Sabrina keine andere Wahl hatte, als ihren Bruder zu umarmen, nachdem sie einen Schritt in den Flur getan hatte. Sie drückte ihm mit kalten Lippen ein Küsschen auf die Wange, hielt ihn einen Moment mit beiden Armen umfangen und legte den Kopf an seine Schulter. Auch sie brachte die Kälte der Winternacht mit herein. Er konnte ihre Umarmung nicht erwidern, da er in beiden Händen eine Flasche Crémant hielt.

„Geht es dir gut?“, fragte er, sie blickte zu ihm auf und nickte, dann zog sie geräuschvoll die Nase hoch.

„Eure Einladung zu Silvester hilft mir, endlich über Mamas Tod hinwegzukommen. Das war eine gute Idee.“

Sabrina war in der Zeit, als Mutter dank Doktor Jammerlappen wie ein Schatten ihrer selbst auf der Intensivstation gelegen hatte, immer mehr auf eine Depression zugeschlittert. Die schwere Krankheit der Mutter hatte die Familie enger zusammenrücken lassen, und das Wissen, dass die Unachtsamkeit eines Arztes schuld daran war, hatte sie in eine Art hilfloser Starre gestürzt, mit der nur Mona einigermaßen klargekommen war.

Jetzt zog Sabrina ihre Jacke aus und hängte sie an die Garderobe. „Lasst uns feiern“. Sie ging voran ins Esszimmer, wo sie Lissy und Mick mit einer Umarmung begrüßte.

Fox umrundete den Tresen, der Esszimmer und Küche trennte, und verstaute die beiden Flaschen im

Kühlschrank, dann bedachte er auch seine Schwester mit einem Glas Rotwein. „Lasst uns auf die Zukunft trinken. Auf dass alles besser wird."

„Mona ist nicht da?" Sabrina setzte ihr Glas ab und ließ sich auf den Stuhl fallen. „Dann sind wir ja eine übersichtliche Gruppe."

„Doktor Jammerlappen hält durch seine Abwesenheit die ganze Station auf Trab", erklärte Mick. „Wir hoffen, Mona schafft es noch bis Mitternacht."

„Ja, das wäre schön. Ich möchte meine Schwägerin zum Jahreswechsel knuddeln." Sabrina nahm sich eine Tomaten-Mozzarella-Bruschetta und biss hinein. „Hm, einfach köstlich." Sie legte das Weißbrot ab und blickte alle drei der Reihe nach an. „Was ist denn wohl mit Doktor Jammerlappen los? Meint ihr, es hat ihm jemand was ins Essen getan?" Sie schüttelte den Kopf und grinste dabei. „Wie oft habe ich mir vorgestellt, ich würde ihm etwas verabreichen, das innere Blutungen auslöst, damit er am Ende selbst auf der Intensivstation landet!"

Lissy stöhnte entsetzt auf. „Wie kannst du so etwas sagen!" Sie nahm das Tranchiermesser und stieß es in eines der größeren Bruschetta-Stücke. Sie traf genau ins Herz eines Tomatenstückchens. Der Saft spritzte auf ihre Hand. Wie gebannt starrte sie auf den roten Tropfen, der langsam ihren Handrücken hinunterlief, lachte auf und schnitt das Brot mit einer einzigen Bewegung durch. Fox, Mick und Sabrina beobachteten, wie sie das Brotstück auf ihren Teller nahm, den Tomatensafttropfen von der Hand leckte und ihr Gesicht zu einer Grimasse boshafter Genugtuung verzog, bevor sie das Messer sorgfältig mit der Serviette abwischte und dann betont langsam auf den Tisch zurücklegte. Es war das Messer, mit dem Fox auch die Zutaten für seine Würste zu zerkleinern pflegte.

„Mit einem sehr scharfen Messer genau in die Medulla oblongata, aber nur so weit, dass sie leicht verletzt wird und nach innen in den Schädel blutet." Lissy nahm ihr Brot und biss hinein. Wie Sabrina zuvor seufzte sie wohlig auf. Ein Tröpfchen Tomatensaft rann aus ihrem Mundwinkel über das Kinn. Sie wischte es mit dem Handrücken ab. „Es soll lange dauern. Wochen. Monate."

Man konnte beinahe Angst vor Lissy bekommen. Aber Fox wusste, dass sie weder Blut sehen, noch rohes Fleisch riechen konnte. Wenn sie gesehen hätte, welchen Anblick die Kellerküche vor Kurzem geboten hatte … Wegen ihrer Empfindlichkeit hatte sie sich schon vor einigen Jahren angewöhnt, das Haus zu verlassen, wenn Fox Würste zubereitete. Das Fleisch dafür bezogen sie von demselben Bauern, der ihnen den Rinderbraten für heute Abend geliefert hatte. Nur Fox' Kochkünsten und seinem Versprechen, ausschließlich das Fleisch von glücklichen Tieren zu verarbeiten, war es überhaupt zu verdanken, dass sie keine Vegetarierin war. Seit fast drei Jahren mochte seine Frau allerdings durchaus blutige Witze. Wobei ihn die Tatsache überraschte, dass ihr schwarzer Humor heute Abend ausgerechnet Doktor Jammerlappen traf. Eine eigenartige Koinzidenz.

Mick und Sabrina lachten über Lissys bösen Scherz, und die Stimmung löste sich immer weiter.

„Ja, lasst uns Doktor Jammerlappen töten", griff Mick das Thema auf. „Wenn es ein Gift sein soll, dann eines, das langsam wirkt. Kennst du dich damit aus, Fox?"

Fox winkte ab. „Da musst du Mona fragen, ich kann dir nur sagen, wann Lebensmittel nicht mehr bekömmlich sind."

„Lebensmittelvergiftung ist eigentlich auch keine schlechte Idee. Die kann man dann wenigstens nicht als Mord nachweisen. Oder?"

„Hm, ich weiß nicht recht. Das ist zu unsicher." Ein Bild blitzte in seinem Kopf auf: blondes Haar, durch eingetrocknete Blutstropfen verklumpt. Er verscheuchte die Vision und kehrte zum Thema zurück. „BSE könnte funktionieren. Wenn man sich damit infiziert hat, stirbt man. Aber nicht sofort. Das Hirn verabschiedet sich nach und nach, und es gibt keine Medikamente dagegen. Es ist eine Art galoppierende

Demenz, wenn man so sagen will."

„BSE? Ist das nicht Rinderwahnsinn?", fragte Mick. „Davon hört man gar nichts mehr."

„Ja. Es ist eine unheilbare Hirnkrankheit. Gruselig." Fox nahm einen Schluck des kräftigen Rotweins. „Für meinen Geschmack wäre das aber zu human für Doktor Jammerlappen."

„Wenn man bedenkt, wie er sich immer gibt …" Sabrina stöhnte entnervt auf. Das Geräusch warf Fox direkt zurück in die Zeit, als Doktor Jammerlappen sie alle an den Rand des Wahnsinns gebracht hatte. „Wie ein Engel. Er kann kein Wässerchen trüben, er ist die Rettung der Welt. Und alle anderen Menschen sind böse. Vor allem, wenn sie an ihm zweifeln. Dabei ist es allein seine Schuld, dass Mutter sterben musste. Wenn Mona sie operiert hätte, könnte sie noch leben!"

„Du hast recht, eigentlich müsste er genauso leiden wie sie!" Lissy leerte ihr Glas, dann stand sie auf und hob die Platte mit den verbliebenen Bruschetta-Scheiben hoch. „Ich räume das mal ab. Fox, was ist mit dem Braten?"

Er blickte auf seine Uhr. „Lassen wir ihn noch ein Viertelstündchen ziehen. Ich schalte den Herd ab. Kann ich dir inzwischen bei etwas helfen?"

„Ja, du kannst das schmutzige Geschirr wegräumen, während ich den Feldsalat anrichte. Legen wir einfach eine zweite Vorspeise ein und geben dem Fleisch Zeit.“ Sie lächelte Mick und Sabrina zu. „Ihr könnt die Weingläser nochmal auffüllen. Wir haben ja noch den ganzen Abend vor uns. Vielleicht schafft Mona es sogar rechtzeitig zum Braten.“

Auf dem Weg zum Herd hörte Fox, wie Mick auf Sabrina einredete. „Das war ja wohl eine krasse Nummer eben. Sollten wir nicht langsam mal das Thema wechseln?“

Lissy blinzelte Fox an. „Ich weiß gar nicht, was mit mir los ist, dass ich mit sowas angefangen habe.“ Sie nahm das Küchentuch, das am Griff des Backofens hing, und wischte sich mit hektischen Bewegungen die Finger ab.

Fox spitzte die Lippen und legte sich die Worte sorgfältig zurecht, bevor er antwortete: „Liebes, vielleicht ist es ein gutes Zeichen. Wir können jetzt alle wieder darüber sprechen. Es tut Doktor Jammerlappen ja nicht weh, und zum Glück bekommt er nichts davon mit, wenn wir so über ihn reden.“ Niemand außer Fox konnte freilich ahnen, wie sehr das stimmte.

Lissy lehnte sich einen Moment an ihn, dann nickte sie. „Aber ich weiß nicht, wie Mick damit klarkommt.“ Sie blickte an die Zimmerdecke. „Gut, dass die Kinder das nicht hören. Ich kenne mich ja selbst nicht wieder.“

Fox hatte sich vor fünf Tagen auch kaum wiedererkannt, doch diesen Gedanken verscheuchte er rasch. Stattdessen stellte er sich Nils und Leni vor, die heute Abend gemeinsam in der neuen Wohnung feierten, die Nils mit seiner Freundin Ende Januar beziehen würde. „Die beiden haben das alles etwas schneller verarbeitet als wir, glaube ich. Und das ist auch gut so.“

Das Telefon klingelte. Lissy fuhr zusammen und warf einen Blick auf die Uhr. „Wer mag das sein?“ Damit ging sie ran. „Hallo? – Mona, wie schön. Kannst du Schluss machen? – Ach, das ist aber schade. Wo mag der denn abgeblieben sein? Kann dich denn niemand ersetzen? – Eine Not-OP. Klar, verstehe ich. Der Mann hat Glück, dass du ihn operierst und nicht … Ja, ich weiß. Dann wünsche ich dir viel Erfolg. Wird schon gutgehen. Vielleicht schaffst du es ja noch bis um zwölf. – Dann isst du den Braten eben nächstes Jahr. – Ja, das sage ich ihm. Bis später! Und toi toi toi!“ Sie legte auf.

Fox schloss die Klappe des Geschirrspülers und reichte Lissy die Schüssel mit dem Feldsalat. Mit routinierten Bewegungen kippte sie das vorbereitete Dressing darüber und mischte die Blättchen durch. „Mona hat noch eine Not-OP. Sie meinte, wenn alles glattgeht, kann sie trotzdem gegen Mitternacht da sein.“

Fox und Lissy gingen zurück zum Esstisch, wo seine Geschwister in ein angeregtes Gespräch vertieft waren.

„Nein, Sabrina, die sicherste Methode ist meiner Meinung nach Verbrennen."

„Bei einem normalen Hausbrand bleibt aber immer noch was zurück, womit man die DNA nachweisen kann, und soweit ich weiß, verbrennen Zähne nicht. Und wann hat man schon ein Feuer parat, um eine Leiche zu entsorgen? Brandursachen werden doch auch untersucht." Sie hob ihr Weinglas, um daraus zu trinken. Überrascht sah Fox, dass die erste Karaffe geleert war. Er holte die zweite, bereits geöffnete Flasche und dekantierte den Wein.

Lissy klinkte sich in das Gespräch seiner Geschwister ein, während sie den Salat verteilte. „Ihr sprecht von der sichersten Möglichkeit, eine Leiche verschwinden zu lassen? Ich glaube, da gibt es heutzutage gar keine mehr. Mit den neuen Methoden der Kriminaltechnologie und den Untersuchungsmitteln der Rechtsmediziner reichen doch winzigste Spuren."

„Ich denke", meinte Sabrina, „dass man sich ein verdammt gutes Versteck suchen muss und dann nur hoffen kann, dass dort keiner vorbeikommt. Im Wald oder so."

„Oder man muss die Leiche unauffällig entsorgen, vielleicht mit medizinischem Abfall", sinnierte Mick.

„Beispielsweise bei den Abfallsammelpunkten großer Kliniken. Abfälle aus der Pathologie müssen ja auch entsorgt werden. Aber so ein kompletter Mensch würde da sicherlich auffallen."

„Also müsste er in kleinen Portionen entsorgt werden", führte Fox seinen Gedanken fort. „In unkenntlichen. Man müsste ihn zuerst kleinmachen, dann einfrieren. Und dann stückchenweise dem Müll zuführen."

Mick beugte sich leicht vor. „Man könnte ihn zu einer Verbrennungsanlage karren, gut getarnt in anderem Müll. Die Abfallverwertungsanlage Velsen nimmt doch auch Müll von Privatkunden an, oder?"

Fox nickte. „Der Kopf ist das größte Problem", hörte er sich sagen. Er schluckte. „Leute, lasst uns das Thema wechseln, ja? Wo sind eure Kids heute Abend eigentlich?"

Mick grinste. „Macht dein Magen nicht mehr mit, Bruderherz? Hier, trink noch einen Schluck Wein. Die Kleine ist nebenan bei unseren Nachbarn, dort steigt eine Kindersilvesterparty. Kurt und Hilda sind bei den Zwillingen von gegenüber."

Fox kannte die Zwillinge von Kurts Geburtstagsfeiern. „Wie lange sind die Kinder schon miteinander befreundet?"

„Quasi aus dem Bauch heraus, ihre Mütter waren schon zusammen in der Geburtsvorbereitung. Die

Zwillinge sind Doktor Jammerlappen vor sieben Jahren übrigens nur knapp entkommen. Sie hatten mit acht eine Hirnhautentzündung und sind im Klinikum stationär behandelt worden. Das war kurz, nachdem Du-weißt-schon-wer zur Neurochirurgie gewechselt hatte. Nicht viel später ist er dann auf die Intensivstation versetzt worden. Dort geben ihm die Patienten weniger Widerworte, wahrscheinlich deshalb."

Lissy zischte erbost. „Und was die Angehörigen sagen, interessiert Rhinozeros ja nicht. Das ignoriert er einfach." Mit ihrer Serviette rubbelte sie einen Fleck von ihrem Tellerrand weg.

„Womit wir wieder beim Thema wären", stellte Fox fest. Aus der Küche war ein Signalton zu hören. „Der Braten ist jetzt so weit. Gebt ihr mir die Salatteller rüber?"

Kurz darauf mischte Lissy das Rotkraut durch und goss etwas zerlassene Butter über die Schneebällchen, während Fox den Braten auf eine vorgewärmte Platte legte und die feine Soße mit Butter-Mehlklümpchen verrührte, um sie schön sämig werden zu lassen. Da klingelte das Telefon. Mit einem genervten Stöhnen bedeutete er Lissy, die Soße in die Sauciere zu füllen, die er ebenfalls vorgewärmt hatte.

Dann griff er nach dem Telefonhörer, der auf dem Küchentresen lag, und nahm das Gespräch an. Die

Nummer auf dem Display kam ihm bekannt vor, aber er konnte sie nicht gleich zuordnen. „Hallo?“

„Hier ist der Jupp.“

„Guten Abend, Jupp. Wir werden gleich deinen herrlichen Braten verspeisen.“

„Ihr habt ihn also noch nicht gegessen? Gott sei Dank!“ Jupp brüllte die letzten drei Worte geradezu ins Telefon.

Fox warf Lissy einen irritierten Blick zu und schaltete das Telefon auf Lautsprecher. „Was ist denn los?“

„Ihr dürft das Fleisch nicht essen, hörst du? Es ist verseucht.“

„Wie, verseucht? Was meinst du damit?“

„Else hat mir keine Ruhe gelassen. Es gab seit über fünfzehn Jahren kein BSE mehr im Saarland. Und jetzt hat es ausgerechnet uns erwischt.“

„Jupp, das ist nicht dein Ernst!“ Konnte das noch Zufall sein? Offenbar hatte Fox lauter gesprochen, als er dachte, denn auch Sabrina und Mick standen plötzlich in der Küche.

Lissy stellte die Sauciere mit einer heftigen Bewegung auf dem Herd ab. Sie war gerade im Begriff gewesen, etwas Soße über die Schneeballen zu gießen. Ihre Gesichtsfarbe wechselte zu einem fahlen Weiß, das Fox für einen winzigen Moment an das Konterfei eines anderen Menschen erinnerte, von dessen Verbleib niemand etwas wusste, und dessen Gesicht jetzt zu einer starren Maske gefroren war, im wahrsten Sinne des Wortes. Er schüttelte den Gedanken ab.

„Else hat Recht behalten.“ Jupp begann laut zu wehklagen. „Wir sind ruiniert! Wahrscheinlich muss der gesamte Viehbestand gekeult werden.“

Lissy schlug sich die Hand vor den Mund. Mit fahrigen Bewegungen holte sie die Schüsseln mit den Schneeballen und dem Rotkraut vom Herd und stellte sie so weit vom Braten entfernt ab, wie möglich. Sie griff nach dem Spülschwamm und wischte hektisch über die Herdplatte.

„Beruhige dich“, redete Fox auf Jupp ein. „Heißt das, es wurde BSE bei einem deiner Rinder nachgewiesen?“

„Ja, beim Muttertier des Kalbs, von dem der Braten in deinem Herd stammt. Ihr dürft das Fleisch nicht essen, hast du mich verstanden?“

„Ja, habe ich“, sagte Fox tonlos. „Danke, dass du uns rechtzeitig gewarnt hast.“

„Den Behörden hab ich es auch gemeldet.“ Jupps Stimme klang resigniert.

„Viel Glück, Jupp.“ Damit legte er auf.

„Was machen wir jetzt?“ Lissy blickte ratlos von Fox zu Mick und Sabrina. Langsam kam die Farbe wieder in ihre Wangen zurück. „Ich fasse es nicht!

Was sollen wir denn jetzt essen?“

Mick rieb sich mit der Hand über den Nacken. Fox legte den Braten zurück in den Tontopf, dann kippte er die Soße dazu. Der verführerische Duft, der den ganzen Abend in der Wohnung gehangen hatte, schien sich zu wandeln und kam ihm plötzlich stechend und süßlich vor. Das war natürlich Unsinn, das wusste Fox. Außerdem war er an den Geruch von verderbendem Fleisch gewöhnt. Er spülte die Sauciere gründlich unter fließendem Wasser ab, dann räumte er sie in die Spülmaschine und legte sämtliche Besteckteile dazu, die mit dem Fleisch in Berührung gekommen waren.

„Lissy, die Knödel und das Gemüse können wir essen.“ Er nickte seinem Bruder und seiner Schwester zu. „Setzt euch wieder hin, ich bringe den Bräter auf die Terrasse. Morgen entsorge ich den Mist.“

Fox stieg die Treppe zum Keller hinunter. Das Haus war an einen Hang gebaut, sodass seine Kellerküche auf die Terrasse hinausführte, auf der sich in einer Ecke auch sein neuer Steinbackofen befand.

Abermals hatte er einen Flashback, sobald er den Fliesenboden der Küche betrat und die riesige Arbeitsfläche sah. Er hatte sich die Küche wie in der Gastronomie einrichten lassen, alle Oberflächen aus Edelstahl. Das ließ sich problemlos reinigen. Beim Fliesenboden hatte er etwas Zeit für die Fugen investieren müssen, obwohl dort zum Glück nicht viel Blut gelandet war. Schließlich verstand er sein Handwerk. Ohne dass er es wollte, fiel sein Blick auf den Fleischwolf. Das war schon ein ordentliches Stück Arbeit gewesen, aber dank des riesigen Tiefkühlschranks hatte er alles bewerkstelligen können. Er konnte die Unmengen an Fleisch nach und nach bearbeiten.

Nachdem er den Kadaver erst einmal in kleinere Einheiten zerteilt hatte, konnte man die Gestalt nicht mehr erkennen. Seine Vorsichtsmaßnahmen waren jedoch gar nicht nötig gewesen, weil Lissy sich in den Tagen nach Weihnachten nicht in den Keller verlaufen hatte. Es hatte gereicht zu erwähnen, dass er von seinem Schulfreund ein Wildschwein bekommen hatte. Da sie ohnehin arbeiten musste, konnte Fox also völlig ungestört die neue Küche und die Gerätschaften einweihen.

Fox öffnete die Terrassentür und ging über die dünne Schneeflockenschicht zum Tisch, um den Bräter darauf abzustellen. Um den Topf herum schmolz der Schnee sofort weg.

Fox schüttelte den Kopf. Was für eigenartige Zufälle! Lissy hatte darüber gescherzt, wie sie das Messer Doktor Jammerlappen von hinten durch den Nacken in den Schädel stoßen wollte und dabei ausgerechnet das Tranchiermesser in der Hand gehalten. Als hätte sie es geahnt.

Fox hatte dem verhassten Arzt tatsächlich etwas Zeit gegeben, um zu begreifen, was mit ihm geschah, aber letzten Endes war es doch ein schneller Tod gewesen. Die Routine, mit der er den Leichnam anschließend weiterverarbeiten konnte, hatte ihn beinahe selbst überrascht.

Seitdem ging es ihm wieder gut. Niemand ahnte etwas, und keiner würde Spuren finden, dafür würde er sorgen. Sobald er den Schädel los war, würde der Tiefkühlschrank eine Fehlfunktion haben. Die Unmengen köstlicher, selbstgemachter Würste und die Bratenstücke mussten dann leider entsorgt werden, aber das würde jeder verstehen.

Mit einem letzten Blick auf den Bräter mit dem Rindfleisch, dessen Deckel von den schmelzenden Schneeflocken nass glänzte, ging Fox wieder hinein, durchquerte die Kellerküche und stieg die Treppe hinauf.

„Da bist du ja endlich“, sagte Lissy, und überrascht sah Fox, dass sie die Klöße und das Gemüse wieder auf die Warmhalteplatten des Herdes gestellt hatte. „Ich wollte gerade zu dir kommen. Mick und Sabrina meinten, dass wir doch von den Würsten essen könnten, die du gemacht hast. Was meinst du?“

Fox nahm Lissys Ellbogen und schob sie zurück in die Küche. Er schüttelte den Kopf. „Wir essen heute kein Fleisch. Das würde jetzt viel zu lange dauern.“ Er reichte Lissy die Schüssel mit den Knödeln und nahm selbst das Rotkraut.

„Aber du machst doch immer diese kleinen Würstchen“, hakte Mick nach, als Fox und Lissy das Essen auf dem Tisch abstellten. „Die müssten doch eigentlich einigermaßen schnell auftauen. Man muss sie ja eh gut durchgaren. Ich habe schon ewig keine deiner selbstgemachten Würste mehr gegessen.“

Fox setzte sich in aller Seelenruhe an den Tisch und begann damit, Sabrina und Mick von den Schneebällchen aufzutun.

„Glaubt mir, ihr wollt diese Würste nicht essen.“

„Aber wieso? Ich mag diese Winzdinger auch sehr gern, wie heißen sie nochmal?“

„Nürnberger. Sie heißen Nürnberger Würstchen.“

„Genau. Wie Doktor Rhinozeros.“ Lissy verzog das Gesicht. „Aber die Würstchen können ja nichts dafür.“

„Trotzdem. Es sind Nürnberger Würstchen. Und wir werden sie nicht verspeisen.“ Fox zerteilte eines der Schneebällchen mit der Gabel.

Seine Geschwister und seine Frau starrten ihn an. Er konnte sehen, wie das Begreifen sich in ihren Gesichtern abzeichnete.

„Guten Appetit“, sagte er und führte die Gabel zum Mund.

Aus: Angelika Lauriel, „Mord für jede Jahreszeit. Krimi-Anthologie“, November 2019

HAUPTGEWINN

Gina Greifenstein

Hotel Schloss Ragaz, April 2017

Mein Name ist Elfriede, Elfriede Müller, und ich komme aus Barbelroth. Das ist ein kleiner Ort in der Südpfalz, falls Sie das nicht kennen sollten. Viel Interessantes gibt es über mich eigentlich nicht zu erzählen. Ich bin Ende 50 und seit ziemlich genau einunddreißig Jahren mit dem gleichen Mann verheiratet. Das sollte eigentlich nichts Besonderes sein, das mit dem gleichen Mann, aber heutzutage ist das ja doch schon fast außergewöhnlich. Heutzutage hat Frau ja eher zwei, wenn nicht sogar drei Ehemänner in ihrem Lebenslauf. Je länger ich jedoch darüber nachdenke, desto mehr komme ich zu der Erkenntnis, dass es doch recht außergewöhnlich ist, dass ich es so lange mit meinem Heiner ausgehalten habe. Kinder habe ich keine.

In jungen Jahren hat mich das schon traurig gemacht, inzwischen bin ich aber ehrlich gesagt froh, dass es bei uns nicht geklappt hat. Wenn ich mir nämlich vorstelle, dass unsere Kinder eventuell nach

Heiner gegangen wären – nee, nee, einer von der Sorte reicht vollkommen!

Ich bin Hausfrau, arbeite aber auch noch als Raumpflegerin. Früher hieß das ja mal ganz profan Putzfrau, doch diese Berufsbezeichnung ist wohl in der heutigen Zeit nicht mehr nobel genug. Doch glauben Sie jetzt bloß nicht, dass man mit dieser wohlklingenden neuen Berufsbezeichnung automatisch mehr verdient – nichts dergleichen, bei der Bezahlung ist alles beim Alten geblieben. Aber das ist schon okay für mich, da ich ja eher freiberuflich arbeite. Also frei von Steuern und so.

Hobbys? – Nee, Hobbys habe ich keine. Oder kann man Putzen zu Hobbys zählen? – Lachen Sie nicht, ich putze für mein Leben gern! Es gibt für mich nichts Beglückenderes, als nach dem Aufwischen des Fußbodens das dreckige Wasser im Eimer zu sehen. Vom Duft des Putzmittels ganz zu schweigen. Ach, und Fenster putzen! Ich l i e b e Fenster putzen, das hat so etwas herrlich Befreiendes, genauso wie Staubsaugen. Oder Staub wischen, das ist doch wunderbar meditativ! Ach, und erst Toilette putzen ... aber das würde jetzt wahrscheinlich zu weit führen. Was ich damit sagen will: Ich gehöre zu den wenigen glücklichen Menschen auf dieser Welt, die ihr Hobby zu ihrem Beruf machen konnten.

Trotzdem gehöre ich leider nicht zu den

sogenannten Glücksmenschen, ich habe zum Beispiel bis vor kurzem noch nie etwas gewonnen. Sogar bei der Wahl meines Ehemanns habe ich ehrlich gesagt auch eher eine Niete gezogen denn einen Gewinn, aber das nur nebenbei bemerkt.

Deshalb konnte ich es zuerst gar nicht glauben, als Heiner vor ein paar Wochen den Brief von einem bekannten Putzmittelhersteller aus dem Briefkasten holte und mir vorlas, dass ich den Hauptgewinn bei einem Preisausschreiben gewonnen haben sollte. Ich mache ja bei so was normalerweise nie mit, aber dann fiel mir wieder ein, dass ich tatsächlich an einem Preisausschreiben teilgenommen hatte, und zwar in dem Supermarkt um die Ecke, und das auch nur, weil man auf die ausgefüllte Teilnahmekarte keine Briefmarke draufkleben musste, sondern sie einfach an der Kasse abgeben konnte. Und jetzt hatte ich tatsächlich gewonnen, das erste Mal in meinem Leben!

Allerdings nicht das Ultra-Bodenwischer-Set, diesen genialen, neu entwickelten Putzeimer mit integriertem Auswringer, inklusive Ultra-Wischer mit dreiteiligem Stiel und Mikrofaser-Mopp plus dem dazu gehörigen Putzmittelsortiment für ein ganzes Jahr, wegen dem ich eigentlich mitgemacht hatte, sondern ausgerechnet den Hauptgewinn, eine Reise. Eine Woche in der Schweiz, genauer gesagt in Bad Ragaz, noch genauer gesagt im Hotel Schloss Ragaz. Eine Woche Aufenthalt mit allem Pipapo. Mit Partner. Heiner war begeistert von diesem unerwarteten und noch dazu völlig kostenlosen Schweizurlaub. Meine Begeisterung hielt sich jedoch in Grenzen.

Verstehen Sie das bitte nicht falsch, ich hatte grundsätzlich nichts gegen eine geschenkte Woche in einem feinen Hotel, zumal Heiner schon immer viel zu geizig war, um überhaupt in den Urlaub zu fahren. Was mich an der Sache störte, war der Zusatz mit Partner. Allein ja, aber MIT Heiner?! Schließlich hatte ich ihn das ganze Jahr an der Backe – und das schon seit über dreißig Jahren. Eine ganze Woche allein in diesem Hotel in der Schweiz wäre sicherlich das Paradies auf Erden. Aber mit dem ewig nörgelnden Heiner? – Alles, nur nicht das! Hätte ich doch bloß das Wischzeugs gewonnen, dann wäre alles gut gewesen. Aber es musste ja die Reise sein!

Meine Hoffnung, dass Heiner kurz vor der Abreise noch irgendwie erkranken würde, wurde nicht erfüllt. Er blieb leider kerngesund. Seine ansonsten regelmäßig verrutschenden Bandscheiben blieben an Ort und Stelle, sein normalerweise viel zu hoher Blutdruck blieb im ganz normalen Bereich, und auch sein Herz veranstaltete keine beängstigenden Kapriolen, wie es das sonst gelegentlich zu tun pflegte. Ich musste ihn also mitnehmen, ob ich wollte oder nicht.

Schon beim Packen gerieten wir uns in die Haare. Nämlich als Heiner sah, wie ich meine geliebte und frisch gewaschene Kittelschürze, quasi meine Hobbykleidung, und eine volle Flasche Allzweckreiniger in den Koffer legte. Er flippte fast aus, aber ich bestand darauf. Nobles Hotel hin, nobles Hotel her – wer weiß denn schon, wie die es dort mit der Hygiene halten? Eben, da muss man doch auf Nummer sicher gehen! Ich setzte mich letztendlich durch, die Schürze kam in den Koffer, der Universalreiniger auch. Heiner durfte dafür seine heißgeliebten Hosenträger mitnehmen, die seine Hose über dem prächtig entwickelten Bauch und gleichzeitig knapp unter den Achseln festhielten. Was er als sehr bequem propagierte, und was ich schon immer schrecklich fand. Aber wie heißt es so schön? Quid pro quo. (Woher ich diesen Ausdruck kenne? – Ich putze schließlich nicht umsonst einmal in der Woche bei einem Lateinlehrer, da bleibt dann doch das Eine oder Andere hängen.)

Schließlich war es soweit: Wir beluden unseren guten alten VW Vento und machten uns auf den Weg. Vierhundert Kilometer lagen vor uns – eine derart weite Strecke waren wir meines Wissens noch nie an einem Stück gefahren. Zum Glück hatte ich belegte Brote, ein paar Äpfel und eine Thermoskanne mit Kaffee eingepackt. Die erste Pause machten wir auf einem Parkplatz kurz vor Basel, aber noch in Deutschland. Die zweite dann schon in der Schweiz, irgendwo in der Nähe von Zürich. Ob Sie es mir glauben oder nicht: Mein Käsebrot schmeckte auf Schweizer Boden gleich viel besser, wie soll ich sagen, ... irgendwie schweizerischer.

Da wir keines von diesen neumodischen Navigationsgeräten haben, hatte ich während der Fahrt die Straßenkarte auf dem Schoß und sagte Heiner immer, wo er langfahren musste. Einmal bogen wir jedoch falsch ab – obwohl, genau betrachtet, bog eigentlich nur Heiner falsch ab. Ich sagte nämlich, er solle weiter Richtung Chur fahren, doch er bestand darauf, dass die Strecke nach Luzern die Richtige sei. Als er dann seinen Fehler erkannte und wir umkehrten, sprach er kein Wort mehr mit mir. Auch als wir dann das Hotel, das tatsächlich wie ein kleines Schlösschen aussah, gefunden hatten, redete er noch immer nicht mit mir. Wortlos und mit grantig verkniffenem Gesicht schleppte er unser Gepäck vom Auto in den kleinen Aufzug, der neben der Eingangstreppe direkt vom Parkplatz aus zu den Zimmern hochfuhr. Er schwieg auch noch, als wir Zimmer Nummer 10 bezogen. Während ich die Sachen aus unseren Koffern in den hübsch bemalten Schrank räumte, legte er sich auf das Bett und starrte nur stumm an die Decke.

Insgeheim hoffte ich da noch, dass das vielleicht so bleiben würde, das mit dem Schweigen, denn wenn Heiner den Rest der Woche stumm bliebe, würde er auch nicht herumnörgeln können.

Unser Zimmer war wirklich hübsch, sehr schön hell und freundlich, mit einem traumhaften Blick aus zwei Fenstern hinaus auf die Schweizer Berge, auf deren höchsten Spitzen im April tatsächlich noch Schnee lag. Ich kontrollierte jede Ecke auf das Gründlichste, wischte mit dem Finger prüfend über jede Kante und musste eingestehen, dass ich meine Schürze anscheinend ganz umsonst eingepackt hatte. Nicht das kleinste Fitzelchen Staub entdeckte ich, auch das Bad war picobello sauber.

Ich war ehrlich gesagt ein wenig enttäuscht, und ich fragte mich, was ich denn den ganzen Tag hier treiben sollte. Auf dem Teppich entdeckte ich dann doch noch ein paar helle Flecken, nach genauerem Untersuchen kam ich aber zu dem Schluss, dass diese Stellen wohl nur mit einem falschen Mittel gereinigt worden waren. Als es an der Zeit war, zogen wir uns um, um zum Abendessen hinüber in den Speisesaal zu gehen. Also ich zog mich um, ich trug ein graues Strickkleid, das ich extra für diese Reise gekauft hatte. Heiner blieb, wie er war in seiner moosgrünen Cordhose, aber er band sich wenigstens eine Fliege um, die glaube ich, noch von seiner Konfirmation vor fünfzig

Jahren war. Mit seinem Sonntagsjackett sah er dann für seine Verhältnisse sogar einigermaßen elegant aus – wären da nicht die grässlichen Hosenträger gewesen.

Apropos Heiner: Er zog es vor, weiter zu schweigen, was ich noch immer als überaus angenehm empfand.

Wir gingen den mit dunkelrotem Teppichboden ausgelegten Gang entlang, wo ich mich gar nicht sattsehen konnte an der antiken Vitrine mit den goldenen Beschlägen und den wunderschönen alten Geschirrteilen. Herr Maifelder, der Musikprofessor, bei dem ich immer freitags putze, hat auch so eine Geschirrvitrine. Jede Woche hole ich das alte Service heraus, spüle jedes Teil sorgsam und putze die Scheiben. Bevor ich das Geschirr wieder einräume, behandle ich das Holz der Vitrine noch mit einer Spezialmöbelpolitur. Ich fragte mich, ob die das hier auch machten. Überall standen schöne alte Stühle, die zum Verweilen einluden, doch Heiner lief zielstrebig und ohne auf mich zu warten zur Treppe. Wie eine Prinzessin oder zumindest wie ein Burgfräulein kam ich mir vor, als ich die ebenfalls mit dunkelrotem Teppich belegte Treppe mit dem wunderschön verschnörkelten schmiedeeisernen Geländer hinabstieg. Im Geiste sah ich einen gut aussehenden jugendlichen Schlossherrn mit einer roten Rose in der Hand mir entgegeneilen ...

Der Blick auf Heiner, der ein paar Stufen unter mir bei jedem Schritt ächzte, als wäre es sein letzter, machte diese Illusion allerdings schnell zunichte. Im Speisesaal angelangt, wurde uns gleich links ein Tisch am Fenster zugewiesen. Über den Berggipfeln war die Sonne gerade dabei, atemberaubend farbenprächtig unterzugehen. Wir durften uns aus der Menükarte unser eigenes Vier-Gänge-Menü zusammenstellen. Ein reizender Kellner schenkte mir Wein ein. Heiner trank Bier und redete immer noch nicht mit mir. Ich glaube, in diesem Moment war ich tatsächlich rundum glücklich.

Allerdings hielt das nur bis zur ersten Vorspeise an, denn da richtete Heiner erstmals seit unserer Ankunft wieder seine Worte an mich.

„Soll das ein Witz sein?“, waren diese ersten Worte, und an ihrem Klang erkannte ich sofort, dass das, was darauf folgen würde, sämtliche Glücksgefühle im Keim ersticken würde. „Drei Blättchen Salat und dieses lächerliche Stückchen Lachs?!?“ Er stocherte mit seinem Messer in Richtung meines Tellers. „Bei dir ist das ja noch dreister: ganze DREI Miesmuscheln? Wollen die uns verarschen? Hast du gesehen, was dieses Menü kostet? Ha, das ist eine bodenlose Frechheit!“, echauffierte sich Heiner nicht gerade leise, und sein Gesicht lief rot an, als ob die Seidenfliege seinen Hals abbinden würde.

Davon abgesehen, dass wir für dieses Menü überhaupt nichts bezahlen mussten, war das ja auch nur die erste von zwei Vorspeisen, was ich Heiner so ruhig wie möglich zu erklären versuchte. „Bei den vornehmen Leuten ist das halt so“, fügte ich hinzu, bemüht, so fachmännisch wie möglich zu klingen.

Heiner war jedoch nicht so leicht zu beruhigen. „Da braucht man ja zehn Vorspeisen, um einigermaßen satt zu werden!“, maulte er weiter.

Auch die Rindskraftbrühe mit Fleischtortellini, die danach kam, schaffte es nicht, Heiners Unmut zu besänftigen. Ganz im Gegenteil. „Die Suppentasse ist ja nur halbvoll“, beschwerte er sich und sah den netten Kellner so böse an, dass der schnell das Weite suchte.

Das nicht gewonnene Ultra-Bodenwischer-Set kam mir unwillkürlich in den Sinn – damit hätte ich wahrhaftig mehr Freude gehabt!

Der Hauptgang kam, und ich hoffte sehr, dass Heiner mit dem Schweinsbraten an Rahmsenfsoße mit Kräuterkartoffeln und bayerischem Kraut endlich zufrieden und besänftig sein würde.

„Mach ich hier etwa eine Diät?!“, fragte er rhetorisch und sah mich zornig an.

Würde dir sicherlich guttun, dachte ich, sagte es aber nicht.

Er war eh schon auf zweihundertfünfzig – ein falsches Wort noch, und er würde ungespitzt durch die Decke gehen.

Ich widmete meine Aufmerksamkeit deshalb lieber meinem Zanderfilet an Peperonisauce mit Basmatireis und orientalischem Gemüse.

Und soll ich Ihnen mal was sagen? Dieses Gericht war echt der Hammer – ich glaube, ich habe nie zuvor so gut gegessen.

Heiner war glücklicherweise wieder in Schweigen verfallen und schaufelte seinen Schweinsbraten in sich hinein. Am Geschmack hatte er offensichtlich nichts auszusetzen, sonst hätte er das sicherlich schon lautstark kundgetan. Komisch, dachte ich mit einem Mal, als ich gerade das letzte Stückchen Fisch verspeiste, komisch, dass man jahrzehntelang mit ein- und demselben Mann zusammenlebt und erst beim gemeinsamen Besuch eines Nobelhotels zu der erschütternden Erkenntnis kommt, was für einen Idioten und Proleten man da erwischt hat. Daheim in seinem Fernsehsessel fiel das gar nicht so auf. Aber hier, in diesem eleganten Speisesaal, war er auf einmal wie eine plumpe Graugans zwischen lauter Flamingos. Was ich damit sagen will: Heiner passte hier einfach nicht hin. Ich ja vielleicht auch nicht, ich komme ebenfalls aus einfachen Verhältnissen, aber ich putze immerhin bei einem Lateinlehrer und einem Musikprofessor. Zum ersten Mal schämte ich mich für meinen Mann. Nie und nimmer hätte ich ihn mit hierher nehmen dürfen. Ich hätte diese blöde Reise einfach ablehnen sollen – vielleicht hätte ich sie ja sogar gegen das Ultra-Bodenwischer-Set eintauschen können?

Aber dafür war es jetzt definitiv zu spät. Irgendwie musste ich die kommenden Tage mit Heiner überstehen. Und während ich das alles so unkontrolliert durcheinander dachte, schlich sich eine grandiose Idee in eines meiner Hirnareale, nämlich exakt in das Hirnareal, das sich mit der Planung der Zukunft beschäftigt: Ich würde mich von Heiner trennen, ja, ich würde mich scheiden lassen, sobald wir wieder zu Hause wären.

Auf einmal konnte ich mich entspannen; ich glaube sogar, ich lächelte Heiner an. Auf einmal war es mir völlig egal, dass er sich über den Karottenkuchen beschwerte, auf dem seiner Meinung nach viel zu wenig Sahne war. Ich bestellte sogar ein zweites Glas Wein, auch wenn Heiner sich maßlos über die exorbitanten Weinpreise in der Schweiz aufregte.

Sein Kopf über der Konfirmationsfliege schwoll zusehends an, wurde rot und röter, und insgeheim wünschte ich mir, dass er auf der Stelle einen tödlichen Herzinfarkt erleiden würde. Nicht nur, weil dann endlich himmlische Ruhe einkehren würde, sondern weil mir dann auch die Unannehmlichkeiten einer Scheidung erspart geblieben wären.

Den Gefallen mit dem Herzinfarkt tat er mir leider nicht. Das war ewig schade, aber nicht zu ändern. Als er atemlos nach seinen Herztropfen fragte, spielte ich kurz mit dem Gedanken, ihm zu sagen, ich hätte sie zu Hause vergessen. „Nein, Elfriede“, redete ich mir gut zu, „versündige dich nicht! Halte durch, nur noch die paar Tage, bald bist du ihn los.“

Ich gab ihm also die Tropfen, die er sich sofort hektisch direkt auf seine Zunge träufelte. Bestimmt atmeten sämtliche Menschen um uns herum erleichtert auf, als wir endlich aufstanden und den Speisesaal verließen.

Als wir am nächsten Morgen in eben diesen zum Frühstücken zurückkehrten, war der Tisch, an dem wir am Abend zuvor gesessen hatten, schon besetzt. Der Kellner – der gleiche wie beim Abendessen – führte uns einen Raum weiter, wo wir zwar auch wieder an einem Fenstertisch saßen, aber ganz alleine auf weiter Flur waren. Mir war sofort klar, dass man uns aufgrund Heiners schlechten Benehmens am Vorabend von den anderen Gästen abgesondert hatte.

Und das war auch gut so, denn als Heiner merkte, dass er sich an dem Frühstücksbüfett selbst bedienen musste, rastete er erneut aus. Als er wütend hinaus stampfte, um sich etwas zu essen zu holen, wurde mir schlagartig bewusst, dass ich ihn keinen Tag länger würde ertragen können. Wie fremdgesteuert begannen meine Hände zu arbeiten: Die rechte Hand holte das Fläschchen mit den Herztropfen aus der Handtasche. Die Finger der linken drehten den Deckel ab. Nun übernahm wieder die rechte Hand, sie kippte weit über die Hälfte des Inhaltes in Heiners Kaffeekännchen. Gerade als das Medizinfläschchen wieder in der Tasche verschwunden war, kam Heiner schnaufend zurück. Sein Kopf war auch ohne die Fliege schon wieder beängstigend gerötet.

„Eins kann ich dir sagen: Wenn wir das hier bezahlen müssten, würde ich mich beim Direktor beschweren", nuschelte er zwischen Rührei, Speck und gegrillten Miniwürstchen. „Unverschämte Zimmerpreise, aber sein Ei muss man sich selbst kochen!"

Ich beugte mich zu ihm hinüber und tätschelte ihm die Hand. „Reg dich doch nicht so auf, Heiner. Du bekommst nur wieder Herzbeschwerden. Atme tief durch, trink deinen Kaffee und versuche zu entspannen", riet ich ihm mütterlich.

Kurz sah es so aus, als würde er mir an die Gurgel gehen, dann griff er aber brav zur Kaffeetasse und trank.

In aller Ruhe ging ich zum Büfett und holte mir

ein Schälchen mit Birchermüsli und Obstsalat. Nach dem Abendessen sollte es heute eine Krimilesung geben – mit ein wenig Glück würde ich die schon alleine genießen können.

Als ich zurück an den Tisch kam, war Heiner schon deutlich ruhiger.

Ich ließ ihn nicht mehr aus den Augen, ich beobachtete ihn wie ein Wissenschaftler ein Bakterium unter dem Mikroskop. Je mehr er von seinem Kaffee trank, desto blasser wurde er. Ich deutete das als ein vielversprechendes Zeichen.

Seine Bewegungen wurden fahriger, unkontrollierter; er kippte das Glas mit dem Multivitaminsaft um, das ich ihm mitgebracht hatte. Aber mehr tat sich dann doch nicht bei ihm.

Am liebsten wäre es mir ja gewesen, wenn er gleich im Speisesaal tot zusammengebrochen wäre. Die großzügige Dosis Herztropfen, die ich ihm verabreicht hatte, hätte schließlich ein Pferd umbringen können. Aber Heiner machte ja nie das, was man von ihm erwartete, und so hielt er sich überaus tapfer aufrecht. Er taumelte jedoch leicht an meiner Seite, als wir das Restaurant verließen. Im Aufzug nach oben griff er sich röchelnd ans Herz und verlangte nach seinen Herztropfen. Die gab ich ihm mit etwas Wasser, nachdem ich ihn regelrecht ins Zimmer geschleppt hatte. Mein Plan war, dass er sich gleich aufs Bett legen und dort friedlich und für immer einschlafen würde.

Heiners Verdauung machte mir jedoch einen Strich durch die Rechnung. Er schloss sich im Bad ein und ging dort erst einmal seinen Geschäften nach. Als ich mir gerade vorstellte, wie es sein musste, auf dem Klo zu sterben, riss er die Tür auf und torkelte mit bis zu den Knien heruntergelassener Cordhose ins Zimmer. Dabei blieb er mit den Füßen in den Hosenträgern hängen, die zwischen seinen Beinen baumelten. Er stürzte nach vorne und knallte mit der Stirn auf das Fußende des Bettes. Mit einem Grunzton kam er auf dem Boden unseres Hotelzimmers auf, wo er reglos liegen blieb.

Ich kniete mich neben ihn hin und hielt mein Ohr an seinen Mund, wie ich es im Fernsehen schon so oft gesehen hatte. Ich lauschte und lauschte und hörte ... nichts.

Als schließlich mein Rücken zu schmerzen begann, war ich mir vollkommen sicher, dass Heiner tot war.

Erst jetzt sah ich die Sauerei, die er mit der Platzwunde am Kopf angerichtet hatte – überall war Blut hin gespritzt, den Teppich hatte es am schlimmsten getroffen. Nur mit Mühe widerstand ich dem inneren Drang, sofort mit dem Putzen zu beginnen. Stattdessen rief ich in der Rezeption an und meldete, dass mein Mann schnellstens einen Arzt benötigte.

Hoteldirektor Zettel höchstpersönlich kam daraufhin sofort zu mir heraufgeeilt. Da er auch nichts für Heiner tun konnte, setzte er sich mit mir auf die antike Sitzbank direkt vor meinem Zimmer und wartete mit mir zusammen auf den Notarzt. Dieser stellte zwölf Minuten später nichts anderes fest als der Herr Direktor und ich: Heiner lebte nicht mehr.

Nachdem Heiner von einem Bestattungsinstitut abgeholt worden war, bot mir der reizende Hoteldirektor wegen des vielen Bluts überall ein neues Zimmer an. Ich lehnte jedoch dankend ab, wozu hatte ich schließlich meine Hobbyausrüstung dabei? Endlich kam sie zum Einsatz! Ich ließ mir nur einen Eimer und einen Lappen bringen, dann legte ich los. Wie gut das tat, endlich etwas Sinnvolles zu tun. Bettgestell und Schrank waren schnell von sämtlichen Blutspritzen befreit, die Bettwäsche war auch ruckzuck gewechselt. Blieb nur noch der Teppich. Dem rückte ich mit Hingabe, meinem Universalreiniger und Heiners Zahnbürste, die er ja nun nicht mehr brauchen würde, zu Leibe.

Nach zwei Stunden und fast einer Flasche Reiniger war der Teppich wie neu. Sogar die alten Flecken waren fast verschwunden. Als ich gerade zutiefst zufrieden mein Werk betrachtete, klopfte es an der Tür. Direktor Zettel wollte sich reizenderweise nach meinem Befinden erkundigen. Als er den perfekt gereinigten Teppich sah, fragte er, ohne lange zu überlegen, ob ich nicht Lust hätte, in seinem Hotel zu arbeiten. Und dann war es auch schon an der Zeit, sich für den Krimiabend in der Schlosshalle umzuziehen.

Und während ich jetzt hier vollkommen entspannt diese anregende Krimiveranstaltung genieße, ist mein Heiner vielleicht schon in einer Kiste auf dem Weg nach Hause.

Das mit dem Job im Hotel Schloss Ragaz werde ich mir auf jeden Fall gut überlegen, man ist schließlich nie zu alt, um ein neues Leben anzufangen.

Und alles in allem war dieser Hauptgewinn dann tatsächlich doch ein Hauptgewinn.

VERPUTZT

Monika Deutsch

Das wehende Haar war das erste, was Horatio auffiel. Mahagoni. Es erinnerte ihn an die polierten Edelholzmöbel seines Elternhauses. Sofort stieg in ihm das Bild seiner Mutter hoch, die ihm mit einem nassen Wischtuch fest auf die Hände schlug. Ihr schrilles Kreischen der Namens-Vokale schmerzte ihn in den Ohren mehr als die roten Striemen auf den Fingern. Und das alles, weil sie wieder einmal Fingerabdrücke auf der Tischplatte oder Kommode entdeckt hatte. Horatio, schon der Name allein war Strafe genug. Gequält schloss er die Augen. Nur langsam verebbten die gellenden Töne in seinen Ohren, und die alten Bilder verblassten.

Er öffnete die Lider. Wo war die junge Frau abgeblieben? Panik schnürte ihm den Hals zu. Hastig drehte er sich um die eigene Achse, suchte mit fiebernden Blicken dunkelrot leuchtendes Mahagoni. Da! Er hatte sie wiedergefunden. Das Mädchen mochte vielleicht achtzehn Jahre alt sein. Sonnenstrahlen trafen die langen Locken der jungen Frau und sprühten rubinrote bis kupferfarbene Funken.

Bei jeder ihrer Bewegungen entfachte der leichte Wind ein neues Feuerwerk. Sie kam ihm direkt auf dem Gehweg entgegen. Ihr grünes Kleid wurde in der Taille von einem breiten silbernen Gürtel gehalten. Der weite Rock umspielte die schlanken Beine.

Der Anblick schmerzte ihn körperlich, aber er durfte seine Augen nicht von ihr wenden, wollte sie nicht noch einmal verlieren. Ihr Blick schweifte achtlos über eine Schaufensterauslage. Er brauchte nur seinen Arm ausstrecken, und die Finger würden das Haar berühren. Er hörte es förmlich knistern. Es kostete ihn übermenschliche Kraft, seine Hand in der Jackentasche zu lassen, um nicht den Funkenflug einzufangen. Langsam, wie in Trance, drehte er sich um und schaute ihr nach. Mechanisch setzten sich seine Beine in Bewegung.

Vor der Karlsruher Postgalerie wurden ihre Schritte langsamer. Am Straßenbahnhalt blieb sie stehen. Unbekümmert unterhielt sie sich mit einem älteren Mann, der neben ihr stand. Ob sie sich kannten? Aus den Augenwinkeln beobachtete Horatio die zwei. Eifersucht stieg in ihm hoch. Zornig ballte er die Fäuste.

In den letzten Tagen war er vielen rothaarigen Frauen begegnet. Jedes Mal, wenn er dachte, die ist es, das ist mein Dornröschen, musste er sein Vorhaben enttäuscht abbrechen. Bei der einen wich der

Freund nicht von der Seite. Sechs weitere hatten rot gefärbte Haare. Bei zweien stießen ihn die zu stark geschminkten Gesichter ab. Bei den anderen kam ihm irgendein dummer Zufall dazwischen. Aber jetzt war sein Jagdinstinkt geweckt. Um nichts in der Welt würde er seine Beute aus den Augen lassen. Der ältere Herr schien die Anmut des Mädchens nicht zu bemerken. Horatio war ihr Liebreiz sofort aufgefallen. Ein außergewöhnlicher Zauber ging von ihr aus.

Belanglose Sätze trafen sein Ohr. „Hallo! Heiß heute, nicht wahr?" „Ja, hoffentlich kommt bald die Bahn!" Der Mann blickte auf die Uhr und dann auf die Informationstafel der Karlsruher-Verkehrsbetriebe. „Noch knappe zehn Minuten." Er zog eine Zeitung unter dem Arm hervor und begann zu lesen. Mit leisem Pfeifen wich aus Horatios Lungen die, vor Anspannung angehaltene Luft heraus.

Seine auserwählte Prinzessin zog eine Puderdose aus der Handtasche, betrachtete kritisch ihr Spiegelbild und tupfte mit dem Bausch ein paar glänzende Stellen an ihrer Nase ab. Schließlich klappte sie zufrieden ihr Schminkutensil zu. Schlagartig schoss ihm der Gedanke in den Kopf. Konnte ihr Gesicht das Werk diskreter Schönheitsoperationen sein? Ein Adrenalinschub ließ seine Hände kribbeln. Verstohlen suchte er nach Zeichen und Linien auf ihrem Teint. Gerade warf sie mit unbekümmertem Lächeln die tanzenden

Funken nach hinten auf die Schulter zurück. Nein, die Gesichtsmimik zeigte einen natürlichen Verlauf. Kein Botox in den Lippen, Wangen oder Kinn. Er bemerkte, dass die Nase sogar einen kleinen Höcker hatte. Den hätten die Schnippler bestimmt als Erstes geebnet. War sie sich ihrer Anziehungskraft überhaupt bewusst? Gab es jemand in ihrem Leben, der sie umarmte, sie küsste und ihr tausend Zärtlichkeiten ins Ohr flüsterte?

Seit über einer Woche war Horatio auf der Suche. Besser gesagt, auf Jagd. Mit jedem Tag brannte sich das Bild der Beute stärker in seinen Kopf ein. Er ließ sich ganz von seinem Instinkt lenken und einem unerklärlichen Fieber, das ihn selbst zum Gehetzten machte. Zwei Tage hatte er in Rastatt gesucht, dann die ruhigeren Außenbezirke Karlsruhes durchstreift. Und heute, den dritten Tag in der Innenstadt, meinte es das Schicksal endlich gut mit ihm. Sie war die Auserwählte, sein Dornröschen. Ja, er war sich sicher, auch Agatha würde seine Prinzessin mögen. Sie wartete schon auf neuen Besuch.

Immer noch pochte in Horatios Schläfen das erhitzte Blut. Er musste sich zusammenreißen, um sie nicht allzu plump anzustarren. Sie benötigte kaum Make-up. Ihre Haut schimmerte wie feines China-Porzellan, mit einem Hauch Rouge auf den Wangen. Lange, dunkle Wimpern umrahmten ihre Augen, dunkelgrüne, leuchtende Smaragde. Die Nasenflügel bebten beim Atmen unmerklich. Geschwungene, rote Lippen. Darunter kamen zwei Reihen makelloser Zähne zum Vorschein.

Sie drehte sich kurz zu ihm um. Hatte sie sein Anstarren bemerkt? Ein offenes Lächeln traf seine ausgehungerte Seele. Es gab keinen Weg zurück. Er musste sie besitzen.

In der S-Bahn Richtung Durlach setzte er sich hinter sie. Er beugte sich weit zu ihr hin und atmete tief ihren Duft ein. Die Haut roch leicht nach frischen Rosen mit einem Hauch Karamell. Aber auch nach warmem, von der Sonne zum Leben erweckten Sandelholz. Samtig, leicht süßlich, jedoch ohne die sonstige exotische Schwere. Rose Ikebana kam ihm unweigerlich in den Sinn. Das Parfüm mit dem gleichen Namen wie die japanische kunstvolle Komposition von Blüten, Gräsern und Hölzern. Etwas anderes wäre für sie nicht passend gewesen.

Horatio musste wieder an seine Mutter denken und an ihr muffiges Rosenwasser. Jeden Sommer rupfte sie unendlich viele Rosenblätter von den blühenden Büschen des weitläufigen Gartens und panschte sie mit Wasser und Alkohol zu einem unansehnlichen Brei. Sie entriss den Blumen ihre Schönheit, bevor sie sich in ihrer ganzen Pracht entfalten konnten. Wie Mahnmale hielten die Stängel ihre Verstümmelungen empor. Als wären Invasionen von Raupen und Heuschrecken in den Garten eingefallen. Er hasste seine Mutter nicht nur für die Schläge und seinen Namen. Sondern auch für die Skelettierung der Blumen und die muffige Rosenbrühe. „Wie oft habe ich sie angefleht, den Blüten ihr Leben zu lassen.“ Er erschrak über seine unbedacht geflüsterten Worte und zuckte zurück. Warf sich mit geschlossenen Augen in die Rückenlehne des Sitzes. Sogleich sah er wieder die Bilder der gerupften Büsche. Wie konnte sie so einfältig sein und meinen, die Fähigkeit zu besitzen, Rosenduft in Flaschen füllen zu können. Seine Mutter hatte kein Auge für die Schönheit der Dinge.

Sie war als Pflegerin in die Baden-Badener Villa des gutsituierten aber kränklichen Privatiers Heinrich Seivert gekommen. Sie heirateten. Nach sechs Monaten erblickte Horatio das Licht der Welt in diesem nackten Rosengarten. Und nach einer noch kürzeren Zeitspanne verstarb sein Vater eines plötzlichen Herztodes. So stand es auf dem Totenschein. In Unwissenheit eines neuen Medikaments und deren Dosis soll er die zehnfache Menge eingenommen haben. Den letzten Willen erfüllte die Mutter dem allzu rasch gestorbenen Gatten allerdings. Der Junge sollte den Namen Horatio erhalten. Und dafür hasste er seinen Vater, den er nie kennengelernt hatte. Egal, ob der Alte sein leiblicher Vater gewesen war oder nicht.

Kurz nachdem Horatio achtzehn wurde und er Agatha ins Haus holte, verschwand seine Mutter. Bei der Polizei reichte er eine Vermisstenanzeige ein und übergab ein Foto von der Frau mit den tizianroten Haaren. Sie wurde bis heute nicht aufgespürt. Genauso wie von den anderen im badischen Raum vermisst gemeldeten rothaarigen Frauen keine Spur mehr gefunden wurde.

An der Station Turmberg des Karlsruher Stadtteils Durlach stieg sein Dornröschen mit einem knappen Dutzend anderer Fahrgäste aus. Darunter auch Horatio. Ein wohliges Zittern nahm seinen Körper gefangen. Sie ging zur Bushaltestelle und stieg in die Linie dreiundzwanzig Richtung Stupferich, einem Höhenort der Stadt, ein. Mit ihr noch vier Personen und er. Horatios Herz raste vor Glück, denn am Lerchenberg-Stopp leerte sich der Wagen und sie blieben die einzigen Fahrgäste. Nur ein Mal drehte sie sich zu ihm um. Das war, als sie aufstand und seine Finger wie zufällig, anstatt des Sitzhaltegriffes, ihre Schulter trafen.

„Entschuldigen Sie, ich hoffe, ich habe Sie mit meinen Fingern nicht verletzt?“ Freundlich fragend schaute er in ihr argloses Gesicht.

Sie winkte ab. „Ach, nicht der Rede wert.“

„Eisenhafengrund", schnarrte es scheppernd aus dem Lautsprecher.

In rund fünf Minuten würde das Gift wirken. Ein Rest der Substanz befand sich in einer kleinen Ampulle mit Nadel versteckt zwischen seinem Ring- und Mittelfinger, die nun in der Jackentasche verschwand. Es war nur ein kleiner Stich gewesen, wirklich nicht der Rede wert.

Das Villengebiet gehörte zu den teuersten Wohnvierteln der Stadt. Während seiner Studienzeit hatte er hier einigen Herrschaften geholfen, ihre exotischen Anschaffungen und Haustiere zu betreuen und zu pflegen. Schon damals interessierte er sich für die Herpetologie.

Sein Dornröschen nickte ihm lächelnd zu, als sie beide zum hinteren Ausstieg gingen. Die Strahlen der untergehenden Sonne versprühten die letzten Funken ihrer Haare. Sogar ihr Kleid nahm den kupfernen Farbton des Horizonts an.

Sollte sich der Busfahrer tatsächlich später an sie erinnern, würde er dagegen von Horatio ganz bestimmt nur eine Allerweltsbeschreibung abgeben können. Ein Mann, vielleicht vierzig, gewelltes dunkles Haar, Oberlippenbart, Statur mit Bauch. Ein Durchschnittsmensch, wie tausend andere auch. Horatio zuckte gleichgültig mit den Achseln.

Na und, morgen habe ich wieder mein blondes

Haar. Und das Kissen, das unter dem Hemd, vom Hosengürtel eingeklemmt liegt, würde das Sofa zieren. Die feinen nachgezogenen Linien im Gesicht, die das Alter verstärkten, lägen von Wattepads abgewischt im Abfalleimer.

Die kleine Straße, in die sein Dornröschen nach hundert Metern einbog, lag im tiefen Schatten mächtiger Bäume. Die Anwesen lagen diskret versteckt in großzügig angelegten Gärten und Parks. Er hielt Abstand zu ihr. Vielleicht arbeitete sie als Kindermädchen oder sie war eine Studentin, die stundenweise aushalf und ihr Taschengeld aufbesserte. Zu den höheren Töchtern gehörte sie jedenfalls nicht. Die wären niemals mit öffentlichen Verkehrsmitteln gefahren.

Als sie das erste Mal strauchelte, verringerte Horatio rasch den Abstand zu ihr. Beim nächsten Stolpern fing er sie auf. Mit ungläubigem Staunen blickte sie ihn an. Dann sackte sie bewusstlos zusammen. Er sah sich um. Rund zwanzig Meter weiter befand sich eine Auffahrt mit Tor, das schon seit einiger Zeit offen stehen musste, da sich davor ein ansehnlicher Blätterberg angesammelt hatte.

Engelsgleich lag sie in seinen Armen. Sie war nicht allzu groß und leicht wie eine Feder. Horatio versenkte sein Gesicht in ihre langen, dunklen Locken und verharrte einen Moment. Gierig sog er ihren

Duft ein und legte sie behutsam seitlich der Auffahrt an der Innenseite der verwilderten Hecke ab. Er strich ihr nochmals sanft über die Wangen und deckte ihren Körper mit altem Laub zu. Legte abgerissene Zweige der Hecke oben drauf, bis der Kontrast zum Grün des Bodens verschwand.

Mit dem nächsten Bus und der S-Bahn fuhr Horatio in die Stadt und holte dort seinen abgestellten Wagen ab. Es war bereits dunkel, als er zurück in die kleine Anliegerstraße einbog. Er brauchte keine Taschenlampe, um sie zu finden. Sein zwanghafter Wahn hätte ihn blind zu ihr geführt. Achtlos fegte er mit den Händen die Blätter beiseite. Regungslos lag sie auf dem weichen Grund, genau so, wie er sie verlassen hatte. Er prüfte kurz ihren Puls, der schwach unter der zarten Haut pochte. Horatio hob sie auf, setzte sie auf den Rücksitz, legte ihren Kopf gegen die gepolsterte Kopfstütze und befestigte ihn zusätzlich mittels eines durchsichtigen Klebebandes.

„Entschuldige, mein Liebes", murmelte er, „wenn es ein wenig ziept." Er schob ihr eine vorwitzige Locke aus dem Gesicht. Aus dem Handschuhfach nahm er eine Spritze. Zog aus einer kleinen Flasche die klare Flüssigkeit auf und stach ihr die dünne Nadel in den Arm. „Du sollst schlafen, meine Prinzessin." Schnappend klickte der Sicherheitsgurt, als er ihn um ihren Leib schloss.

Die kleine Handtasche und die Sandaletten warf er achtlos in den Kofferraum. Während der Rückfahrt blickte er immer wieder über die Schulter. „Ich denke, du sitzt weich. Habe ich dir schon von Agatha erzählt? Sie freut sich riesig auf dich. Der letzte Besuch war nicht so nach ihrem Geschmack. War auch eher ein Versehen meinerseits, ich hatte das Tuch zu fest um den Hals gezogen. Mit Toten mag Agatha sich nicht abgeben – und ehrlich gesagt, ich mich auch nicht."

Horatio passierte die Einfahrt zur geerbten Villa. Er schaute auf die Uhr. Es war kurz vor Mitternacht. Ihm fiel ein, dass er gar nicht ihren Namen kannte. In der Handtasche suchte er nach Informationen und fand ihren Pass. „Rosanna", flüsterte er. „Der Name passt zu dir, mein Kleines." Dann trug er sie ins Obergeschoss. Er hatte für sie das größte und schönste Zimmer hergerichtet. Behutsam legte er sein Dornröschen auf die Seidendecke des riesigen Bettes ab, säuberte sie von den Spuren ihres Lagers an der Hecke und zog ihr das Kleid aus. „Keine Angst, mein Liebes, du bekommst ein viel schöneres." Er zeigte auf ein Brautkleid, das ausgebreitet über einem Sessel lag. „Einen ganz frischen Brautstrauß bekommst du auch."

Unten im Wintergarten griff er sich den Korb mit der Rosenschere, schaltete die Außenbeleuchtung ein und suchte im verwilderten Garten nach passenden Blüten. Als Erstes wählte er die groß-blühende und im kräftigen Pink leuchtende ‚Heather Austin' aus, weil er meinte, der feine Duft nach Zimt passe zu ihr. Dann die dornenlose ‚Anne Boleyn' mit ihrem zarten Bouquet. Erst wollte er noch die dunkelrote ‚Lady Emma Hamilton' schneiden, entschied sich aber doch für die ‚Charity' mit ihren vollen gelben Blüten und dem Duft von Myrrhe.

Das Ankleiden, eine halbe Stunde später, war für ihn die größte Qual und Versuchung zugleich. Des Öfteren musste er innehalten und sein Verlangen zügeln. Er keuchte, wischte sich die Schweißperlen von der Stirn und schlug sich mit der einen Hand auf die andere, wenn die Finger wieder einmal spielerisch über die weiße Haut glitten. „Horatio!", imitierte er seine Mutter. „Wie oft habe ich dir gesagt, nicht berühren!"

Aus dem Rosenkorb suchte er die größten Blüten, drapierte sie um ihren Körper herum und steckte sie in ihr Haar. „Schau, die wunderschönen Rosen habe ich für dich geschnitten. Und wie sie duften." Er drückte die gerade in der Hand gehaltene Blüte an seine Nase. Den Rest der Blumen zerpflückte er und goss sie über ihr weißes Kleid.

„Du brauchst keine Angst zu haben, Liebes", flüsterte Horatio, als er sich mit einer Spritze erneut über sie beugte. „Ich möchte nur, dass du tief und ruhig schläfst. Du darfst nicht aufwachen."

Eine halbe Stunde später betrat Horatio frisch geduscht erneut das Zimmer. „Meine Prinzessin, mein Dornröschen", raunte er ihr ins Ohr. „Du bist die Schönste von allen."

Seine Küsse wanderten an ihrem Hals hinab. Zärtlich hob er ihren Oberkörper hoch, zog sie an sich und streifte ihr die feine weiße Seide von dem willenlosen Körper. Seine Finger vibrierten und glitten weiter zu ihren kleinen Brüsten hin. „Wie meine rosaroten Knospen der ‚Heather Austin'", flüsterte er andächtig. „Ich habe die richtige Auswahl getroffen."

Ihr Atem ging gleichmäßig und flach. Der Brustkorb hob und senkte sich mit jedem ihrer Züge. Seine Finger wanderten über ihren Bauchnabel abwärts. Das dunkle Dreieck stand im starken Kontrast zu der blassen Haut der leicht geöffneten Schenkel.

„Meine Liebste, heute Nacht gehörst du mir." Mit einem rigorosen Handstreich wischte Horatio die Rosen auf dem Bett beiseite.

„Guten Morgen, Agatha", rief Horatio fröhlich, als er die Tür zu dem Glasanbau des Wintergartens öffnete. „Wie geht es dir? Ich habe jedenfalls eine himmlische Nacht gehabt." Er streckte die Arme und gähnte herzhaft. Dann drehte er sich um, holte Rosanna und trug sie zu einem der Korbsessel. Horatio griff zur vorbereiteten Spitze und setzte ihr erneut die Nadel an. „Es ist zu deinem Besten und auch das letzte Mal. Du sollst tief schlafen.“ Er tätschelte ihre Wange. „Ich bin gleich wieder bei dir, mein Dornröschen! Hole nur frische Rosen.“

Mit dem Korb voller Blüten kam er zurück. Er zog eine heraus und hielt sie gegen das Licht. „Das ist eine ‚Anne Boleyn‘. Sie passt am besten zu dir.” Mit alten Kämmen der Mutter steckte er ihr Haar hoch und befestigte darin ein paar Rosen. Dann ging er zu dem großen Glasanbau, der die zweite Hälfte des Wintergartens einnahm. „Schau Agatha, wen ich dir mitgebracht habe. Ist mein Dornröschen nicht wunderschön? Du wirst sie bestimmt mögen. Sie heißt Rosanna.“

Agatha rührte sich nicht. Er wurde böse und klopfte mit den Fingerknöcheln gegen das Glas. „Du bist unhöflich und schlecht erzogen“, tadelte er sie. „Oder ist es dir etwa zu kalt? Einen Augenblick, ich drehe den Thermostat höher.“

Er wartete eine Weile. Dann nickte er zufrieden und ging zu der Bewusstlosen im Korbsessel. „Mein Dornröschen.“

Er vergrub sein Gesicht in das mit Rosen geschmückte Haar und hob sie hoch. Mit den Fingern tastete er den Griff der zweiten Glastür und schob sie beiseite. Es bereitete ihm einige Mühe, bis der weiche

Frauenkörper an dem Baumstamm angelehnt sitzen blieb. Die restlichen Rosen legte er in ihren Schoß. Horatio verschloss wieder sorgfältig die Glastür. Müde setzte er sich in den Korbsessel. Unendliche Traurigkeit überfiel ihn. Tränen standen in seinen Augen. „Du darfst jetzt nicht aufwachen, mein Dornröschen“, flüsterte er.

Agatha bewegte sich und glitt langsam näher an die Bewusstlose heran. Ihre sensible Zunge hatte den Duft längst aufgenommen. Horatio nickte ihr zu. „Ich wusste, dass du sie magst.“

Langsam und lautlos schlang Agatha ihren geschmeidigen Körper um seine Prinzessin, die nun nicht mehr Horatio gehören würde, keinem mehr gehörte, außer Agatha.

Er drehte sich um und verließ mit schleppenden Schritten den Wintergarten, ohne sich noch mal umzuschauen.

Erst in rund sechs Wochen würde er wieder ruhelos die Straßen entlang laufen. In Mannheim und Freiburg war er längere Zeit nicht mehr gewesen. Universitätsstädte. Dort würde er bestimmt ein neues Dornröschen für ihn und für Agatha, seine Anakonda, finden.

MISTER PROPPER

Marion Schmitt

„Stell dir vor, auf meine Anzeige hin haben sich über zwanzig Leute gemeldet“. Susanne Reiber blickte von ihrem Laptop auf und sah ihren Mann an. „Aha“, war die desinteressierte Antwort.

„Der isses!“, rief sie plötzlich aus. „Hör mal, wie findest du das? ‚Mister Propper macht so sauber, dass man sich nicht nur spiegeln kann. Allroundgenie in Sachen Haushalt besorgt es Ihnen.‘ Den will ich!“

„Hmm“, meinte Achim skeptisch, „ein Mann als Putzhilfe? Und dann noch so eine idiotische Antwort? Hört sich eher wie ein ziemlich zweideutiges Angebot an. Ich weiß nicht.“

„Also ich finde das witzig. Außerdem habe ich keine Kontaktanzeige aufgegeben, sondern explizit eine Haushaltshilfe gesucht. Ich werde den jetzt anschreiben. Ich muss ihn ja nicht nehmen, wenn er mir nicht gefällt.“ Susanne hatte schon den Rückantwortbutton gedrückt und fing an zu tippen.

Achim Reiber hatte letztendlich sowieso nichts zu melden. Er stand, wie man so schön sagt, voll unterm Pantoffel. Die Idee seiner Frau, sich eine neue Putzhilfe ins Haus zu holen, hatte er von Anfang an für überflüssig gehalten. Schließlich ging Susanne nicht arbeiten und hatte, seiner Meinung nach, mehr als genug Zeit, sich um die Sauberkeit in der zugegebenermaßen recht großen Villa, die sie im Hofheimer Stadtteil Langenhain bewohnten, zu kümmern. Die Putzhilfe, die bisher gekommen war, hatte wegen Schwangerschaft gekündigt.

Achim hatte die vage Hoffnung gehegt, dass Susanne wieder selbst Hand anlegen würde, aber das war wohl nur ein frommer Wunsch gewesen. Der Gärtner, der dreimal in der Woche kam und die Köchin, die mittags für sie kochte, genügten wohl nicht. Doch Achim hatte seiner Frau nicht wirklich reingeredet, als sie ihm ihren Entschluss mitgeteilt hatte. Aus Erfahrung wusste er, dass dies sowieso keinen Sinn gehabt hätte. Deshalb zuckte er jetzt auch nur ergeben mit den Schultern und ließ Susanne tun, was sie wollte, ohne sich dazu noch einmal zu äußern. Achim Reiber, der in seinem Beruf als ausgesprochen harter Knochen verschrien war, präsentierte sich in den eigenen vier Wänden als verweichlichter Waschlappen. Dass ein Mensch zwei so unterschiedliche Seiten haben konnte, war kaum zu glauben. Hätten seine Mitarbeiter ihren Chef zu Hause erlebt, wären sie allesamt vom Glauben abgefallen. Das renommierte Bankhaus Reiber & Sohn, das seit über vierzig

Jahren im Frankfurter Bankenviertel seinen Standort hatte, zählte nur betuchte Geschäftsleute zu seinen Kunden. Entsprechend hoch waren die Gewinne und damit der Lebensstandard der Reibers. Der Namensgeber Johannes Reiber, der vor einigen Jahren verstorben war, hatte die Verantwortung seinem einzigen Sohn Achim übergeben.

„Sie sind Mister Propper?" Susanne starrte den Adonis, der vor ihrer Haustür stand erstaunt an. Mit einem solchen Anblick hatte sie nicht gerechnet. Der Kerl, der sie ungeniert von oben bis unten musterte und dabei seine blendend weißen Zähne aufblitzen ließ, sah dem legendären Meister Proper verdammt ähnlich. Groß, muskulös und mit einem Waschbrettbauch gesegnet, glich er eher einer Mischung aus Spitzensportler und Model. Sein Gesicht war klassisch schön zu nennen, seine braunen Samtaugen strahlten verwegen und der sinnliche Mund lud zum Küssen ein.

Susanne musste sich schwer zusammenreißen. Sie spürte, wie ein Kribbeln ihren ganzen Körper durchlief, und sie hatte Mühe, nicht laut aufzuseufzen. So was war ihr noch nie passiert.

Als dieses Sahnetörtchen nun auch noch den Mund aufmachte und die fassungslose Frau mit einer unglaublich rauchig-schönen Stimme begrüßte, wurde sie rot wie ein Schulmädchen und wusste nicht, wohin sie schauen sollte. Ob ihr Mann doch recht gehabt hatte, als er von einem ‚zweideutigen' Angebot sprach? So forsch und bestimmend Susanne auch auftrat, im Grunde war sie viel zu leichtgläubig, um nicht zu sagen ziemlich naiv.

„Äh, ja, also ... dann ... dann kommen Sie doch bitte rein", flötete sie und hielt dem jungen Mann die Tür auf.

In der Mittagspause saß Reiber, wie so oft, in einem kleinen Café am Main. Vor ihm auf dem Tisch stand ein Glas Latte Macchiato, daneben lag ein Stück Erdbeerkuchen. Gerade hatte er sich den ersten Bissen in den Mund geschoben, als eine gutaussehende, junge Blondine an seinen Tisch trat und fragte, ob sie sich dazu setzen dürfe. Achim war kein Kostverächter. Ein kurzer Blick genügte, um die Attraktivität der Fragerin festzustellen. Mit einem freundlichen Blick und einer entsprechenden Geste signalisierte er, dass er keineswegs etwas gegen ihre Anwesenheit hatte und schluckte schnell den Kuchen hinunter. Bald waren die beiden in ein lebhaftes Gespräch vertieft, wobei Achim erste zarte Schmetterlingsgefühle in sich aufsteigen fühlte. Die lockere, humorvolle Art von Mandy, wie die junge Dame sich ihm vorgestellt hatte, trug zusammen mit ihrem ansprechenden

Äußeren dazu bei, dass Achim völlig die Zeit vergaß. Seine übliche Mittagspause war schon lange vorbei, als sich die beiden verabschiedeten.

Er war bereits einige Schritte in Richtung seiner Bank gegangen, als er hörte, dass Mandy noch einmal seinen Namen rief. Er drehte sich um und sah, dass die junge Frau auf ihn zugelaufen kam. Sie hielt einen Zettel umklammert, den sie ihm nun, mit einem bezaubernden Lächeln auf den Lippen, in die Hand drückte. Stumm drehte sie sich um und verschwand in der Menge.

‚Du gefällst mir!', stand da und eine Telefonnummer. ‚Ups', dachte Achim und ging gutgelaunt zu seinem Arbeitsplatz zurück. Doch statt sich auf die Kreditanfragen und Zahlenkolonnen zu konzentrieren, die sonst seine volle Aufmerksamkeit hatten, tauchte immer wieder das bezaubernde Gesicht der blonden Zufallsbekanntschaft vor seinem geistigen Auge auf und hielt ihn von seiner Arbeit ab.

Als Mister Propper, nur mit einem knappen Tigertanga bekleidet, seinen wohlgeformten Hintern schwang, während er mit Hingabe den Teppich im Wohnzimmer der luxuriösen Villa absaugte, gerieten Susannes Hormone völlig außer Kontrolle. Dass dieser Dreamboy sich nicht mit simpler Hausarbeit sein Geld verdiente, war ihr eigentlich schon in dem

Moment klar geworden, als sie ihm die Tür geöffnet hatte. Dass er allerdings so schnell ‚zur Sache' kam und ihr eindeutig zu verstehen gab, was er zu tun gedachte, hatte die sonst so forsche Susanne sprachlos werden lassen.

Wie ein hypnotisiertes Schaf starrte sie auf den Mann, der sich vor ihr wie einer der Chippendales zu Joe Cockers Strip-Klassiker ‚You Can Leave Your Hat On' verheißungsvoll bewegte. Susanne sah auf ihre Uhr. Nur noch eine Stunde, dann würde Achim nach Hause kommen. Verdammter Mist. Warum hatte sie den ‚Vorstellungstermin' der neuen ‚Haushaltshilfe' auch auf den Nachmittag legen müssen.

Ihr Handy klingelte und am Ton erkannte sie, dass es Achim sein musste, der anrief. Mit der Fernbedienung schaltete sie den CD-Player auf Pause und signalisierte Mister Propper, dass er kurz in seiner Tätigkeit innehalten solle.

„Ja. Was ist?", keifte sie ungeduldig in den Hörer.

„Du, Schatz, es ist mir sehr unangenehm, aber ich muss heute länger arbeiten. Hier sind Unregelmäßigkeiten aufgetaucht, denen ich dringend auf den Grund gehen muss. Bitte sei nicht böse, Schatz. Aber es kann spät werden."

Susanne atmete innerlich auf. Das passte ja genial! „Na ja, was sein muss, muss sein", antwortete sie ihrem Mann ungewöhnlich sanft. „Lass dir nur Zeit,

Achim, aber ruf mich kurz an, bevor du losfährst, damit ich mir keine Sorgen machen muss.“

Nachdem sie das Gespräch beendet hatte, sah sie lüstern auf ihren neuen Hausangestellten. „Mein Mann kommt heute erst spät nach Hause. Du solltest jetzt vielleicht oben im Schlafzimmer sauber machen.“

Mister Propper, dessen richtigen Name Susanne noch immer nicht kannte, zwinkerte ihr verheißungsvoll zu. Dann kam er mit langsamen Schritten zu ihr, nahm sie auf seine starken Arme und trug sie die Treppe hinauf. Susanne kicherte wie ein kleines Mädchen und konnte es kaum erwarten, ihren Adonis in Action zu erleben.

Achim hatte lange mit sich gerungen. Doch nach einer gefühlten Ewigkeit griff er zum Telefon und wählte die Nummer, die auf dem Zettel stand, den Mandy ihm gegeben hatte. Sie meldete sich bereits nach dem zweiten Klingelton, als hätte sie den Anruf schon sehnsüchtig erwartet.

Eigentlich hatte Achim vorgehabt, die blonde Schönheit in ein nobles Restaurant zum Essen auszuführen und war überrascht, dass sie ihn direkt in ihre Wohnung einlud. Sie wolle etwas für ihn kochen, hatte Mandy gesäuselt. Und Achim, blind vor Begierde, hatte nicht im Geringsten realisiert, dass es recht ungewöhnlich war, von einer Frau, die er erst so kurze Zeit kannte, eingeladen zu werden. Und selbst, wenn es ihm aufgefallen wäre, hätte dies nichts an der Vorfreude geändert, die ihn erfüllte.

Er verließ das Büro früher als sonst und machte sich auf den Weg nach Kelkheim, zu der Adresse, die Mandy ihm genannt hatte. Unterwegs besorgte er noch einen Strauß wunderschöner roter Rosen und zwei Flaschen Champagner.

Der Abend mit Mandy war um Klassen besser als es sich Achim in seinen kühnsten Träumen erhofft hatte. Als er sich kurz vor Mitternacht auf den Heimweg machte, war er ihr bereits restlos verfallen. Er hatte versprochen, bald wiederzukommen und würde dies auch tun, egal welche ehelichen Katastrophen dies nach sich ziehen würde.

Auf der Fahrt nach Langenhain kam allerdings das schlechte Gewissen in ihm hoch. Achim gab vor sich selber das erste Mal zu, dass er regelrechte Angst vor seiner Frau hatte. Er ließ seine Ehe Revue passieren und stellte fest, dass er schon seit Jahren den Kopf in den Sand gesteckt hatte, was Susanne betraf. Sie hatte das Sagen und er kuschte. Ihm war durchaus bewusst, dass es Susanne nur um sein Geld und die gesellschaftliche Stellung, die er innehatte, ging. Sein Vater hatte ihn vor der Hochzeit gewarnt. Er hatte die junge, schöne Frau von Anfang an durchschaut. Aber

Achim, blind vor Liebe, wollte nichts davon wissen und heiratete seine Susanne schon wenige Monate, nachdem er sie kennengelernt hatte.

Am Anfang ging auch alles gut und Achim schwebte auf Wolke sieben. Seine Ehefrau verwöhnte ihn nach Strich und Faden. Dass sie die Intelligenz nicht gerade mit Löffeln gefressen hatte, machte ihm nichts aus. Im Gegenteil, ihre Naivität fand er damals ganz reizend.

Als sein Vater, Johannes Reiber, schwer erkrankt war und wusste, dass seine Lebenszeit dem Ende zuging, hatte er seinem Sohn nicht nur das Bankhaus überschrieben, sondern ihn auch in seine Geheimnisse eingeweiht.

Reiber senior war ein ausgesprochenes Schlitzohr gewesen. Achim hatte davon nie etwas mitbekommen und war schockiert über das, was sein Vater ihm am Sterbebett gestanden hatte.

Über viele Jahre hinweg hatte Reiber senior nicht nur an seinem Bankhaus hervorragend verdient, sondern ebenso an Geschäften, die weit über die Grenzen der Legalität gingen. Die ‚Früchte' dieser Arbeit hatte er wohlweislich an einem sicheren Ort versteckt – in Form von etlichen lupenreinen Diamanten. Der Wert belief sich auf mehrere Millionen. Doch wie es nun mal so ist, das letzte Hemd hat keine Taschen und auch mit dem vielen Geld konnte sich der damals erst sechsundfünfzig-jährige Mann keine Gesundheit kaufen.

Johannes hatte seinen Sohn in die todsicheren, illegalen Geschäfte, mit denen er seinen Reichtum immer weiter vergrößert hatte, eingeweiht und Achim, fasziniert von der Genialität, machte weiter. Nach dem Tod des Vaters, der schon früh Witwer geworden war, zog Achim, als einziger Sohn seiner Eltern, in deren Villa in Langenhain.

Susanne war begeistert. Sie liebte es, vor ihren Freundinnen mit dem weitläufigen, noblen Wohnsitz anzugeben. Fortan bestand ihr Hauptinteresse vor allem aus Tennis, Reiten, Shoppen und Wellness. Als Achim ihr, im Liebestaumel und voller Vertrauen, von den illegalen Geschäften und den Diamanten erzählte, machte er den größten Fehler seines Lebens. Zwar war Susanne naiv, aber auch mit einer gewissen Bauernschläue und Skrupellosigkeit gesegnet, die sie sofort begann auszunutzen. Sie setzte Achim mit ihrem Wissen unter Druck, sobald irgendetwas nicht so lief, wie sie das wollte. Mit den Jahren wurde aus dem erfolgreichen Banker, zumindest zu Hause, der willenlose Sklave seiner Frau. Sie hatte ihn in der Hand und nutzte das reichlich aus.

Oft schon hatte Achim darüber nachgedacht, wie er seine herrschsüchtige Frau loswerden könnte, doch Scheidung war keine Option – das hatte ihm Susanne mehr als deutlich klar gemacht. Das Einzige, was Achim seiner Frau nie verraten hatte, egal wie sehr Susanne sich bemühte, war die Safe-Kombination. Unter den Dielenbrettern im Schlafzimmer hatte Johannes Reiber vor vielen Jahren einen massiven Safe in den Boden einbauen lassen. Dort lagen die Diamanten und eine nicht geringe Menge Bargeld – sicher, auch vor Susanne.

Einige Wochen waren ins Land gezogen. Sowohl Susanne, als auch Achim waren entspannter als je zuvor. Dies war einzig dem ausgeglichenen Liebesleben der beiden zu verdanken. Nicht dem im ehelichen Bett, versteht sich. Susanne hatte mit Mister Propper, der sich zwischenzeitlich als Mike geoutet hatte, das große Los gezogen, wie sie fand. Zweitausend Euro pro Woche bezahlte sie gerne für ihre ‚Haushaltshilfe'. Zumal Mister Loverlover nicht nur im Bett eine Kanone war, sondern sich tatsächlich um die Sauberkeit der Villa kümmerte. Nicht nur einmal hatte Susanne ihm erklärt, dass er das nicht tun müsse, aber lachend hatte er erwidert, das sei nun mal sein Job, für den er bezahlt würde. Er nötigte Susanne sogar, sich bequem in einen Liegestuhl zurückzuziehen, während er sich um den Haushalt kümmern würde. Dass Mike während seiner ‚Arbeit' das Haus bis in den letzten Winkel durchsuchte, fiel Susanne nicht auf.

Achim dagegen kam kaum noch aus seinem Büro heraus. Sein Geschäftsführer war plötzlich längerfristig erkrankt, so dass er dessen Arbeit mit erledigen musste – so jedenfalls die Erklärung seiner Frau gegenüber, für das häufige Fernbleiben am Abend. Dass er diese Zeit nicht im Büro, sondern mit der blonden Mandy verbrachte, musste Susanne ja nicht wissen. Für Achim war Mandy die Erfüllung all seiner Träume und seine Gedanken kreisten immer intensiver darum, wie er seine Frau loswerden könnte, um mit seiner bezaubernden Geliebten sein zukünftiges Leben genießen zu können.

„Verdammt, wie lange brauchst du denn noch, Mike? Ich habe echt keinen Bock mehr, mich mit dem blöden Sack rumzuquälen, um dir freie Bahn zu schaffen." Mandy war sauer. „Na super", sagte Mike, „du kannst einem aber auch jede Überraschung verderben."

„Was heißt das? Hast du sie etwa gefunden?" Mandy quietschte aufgeregt, wie ein kleines Ferkelchen.

„Gefunden nicht. Aber Susanne war heute äußerst gesprächig."

„Erzähl, erzähl ... los mach's nicht so spannend." Jetzt grinste die Blondine von einem Ohr bis zum anderen.

„Die Diamanten sind in einem Safe, der im Schlafzimmerboden eingelassen ist. Unter den Holzdielen. Den hätte ich niemals gefunden. Perfektes Versteck, echt."

Mike machte eine kunstvolle Pause und sprach dann weiter: „Und weißt du, was das beste ist? Susanne will, dass ich die Klunker aus dem Safe hole, damit sie und ich ...", jetzt lachte er laut auf, „... uns absetzen und zusammen ein neues Leben aufbauen können, irgendwo in der Südsee." Mandy begann zu lachen, bis ihr die Tränen über die Wangen liefen. Mike und Mandy waren schon seit Jahren ein Paar. Ein sehr außergewöhnliches Paar. Sie hatten sich bei ihren kleinen Gaunereien, mit denen sie sich mehr schlecht als recht über Wasser hielten, schon immer hervorragend ergänzt. Ein langjähriger Freund, der kein unbeschriebenes Blatt im Frankfurter Rotlichtmilieu und damit in der kriminellen Szene war, hatte ihnen einen heißen Tipp gegeben. Im Haus des Bankiers Reiber, sollten sich illegale Diamanten im Wert von mehreren Millionen befinden. Mike und Mandy entwickelten einen verwegenen Plan, um an die Steinchen zu kommen. Sie recherchierten alles, was es über den Bankier zu wissen gab, und beobachteten die Reibers wochenlang. So entging es ihnen nicht, dass Susanne sich nach einer neuen Putzhilfe umsah und Mike witterte seine Chance. Mandy fiel die Aufgabe zu, sich um Achim zu bemühen, um ihn möglichst oft von zu Hause fernzuhalten. Der Plan klappte auf Anhieb, und nun endlich waren sie ihrem Ziel mehr als nahe.

So absurd es war, aber Mandy bekam plötzlich kalte Füße. Als Gelegenheitsgauner hatten sie noch nie einen wirklich großen Coup gelandet. Irgendwie war ihr die ganze Sache eine Nummer zu groß, und das ausgerechnet jetzt.

Das Lachen war aus ihrem Gesicht verschwunden. „Du, Mike. Ich hab Schiss.“ „Was? Wieso das denn?“ „Na ja, überleg mal. Die beiden kennen uns doch und unsere Namen wissen sie auch. Okay, sie werden wohl nicht zur Polizei gehen können, weil sie sich ja sonst selbst ans Messer liefern würden. Aber was ist, wenn sie uns von irgendeinem Killer suchen lassen oder sowas?“, fragte Mandy jetzt ziemlich kleinlaut. „Warum haben wir denen denn nicht wenigstens falsche Namen gesagt? Blöd! Daran haben wir nicht gedacht. Schlimmer Anfängerfehler!“

„Nun mach dir mal nicht in die Hose, Baby. Wir setzen uns nach Florida ab. Da findet uns kein Mensch“, versuchte Mike, seine Freundin zu beruhigen.

„Trotzdem, ich hab irgendwie ein ganz mieses Gefühl.“ Mandy war ganz blass um die Nase geworden.

Achim war, was seine Geschäfte betraf, vor allem die illegalen, knallhart. Und was seine Frau betraf, würde er das jetzt ebenfalls sein. Scheidung ging nicht, sonst würde Susanne ihn an die Bullen verpfeifen, und er würde für viele Jahre hinter Gitter wandern. Blieb also nur eine Lösung. Susanne musste verschwinden. Und zwar für immer!

Seit Tagen tüftelte er an einem Plan. Ein befreundeter Arzt, der ihm noch einen großen Gefallen schuldig war, sollte attestieren, dass seine Frau seit langem unter hochgradigen Depressionen litt und schon öfter Selbstmordgedanken geäußert hätte. Ein großzügiges Honorar würde die Entscheidung des Arztes, das Attest auszustellen, mit Sicherheit positiv beeinflussen. Die entsprechenden Schlaftabletten, mit denen Susanne ihrem Leben dann ein Ende setzen würde, konnte der Doc ihm auch besorgen.

Nachdem er den Plan immer wieder durchdacht und die mehr oder weniger erzwungene Zusage seines Mitwissers hatte, war er sichtlich erleichtert. Er selbst würde sich natürlich ein hieb- und stichfestes Alibi besorgen, so dass keiner auf die Idee kommen würde, ihn zu verdächtigen, seine Finger im Spiel zu haben. Achim war zufrieden!

Mike entfernte die Schrauben der Dielenbretter, unter denen der Safe versteckt war, mit einem Akkuschrauber. Tatsächlich. Der Tresor kam zum Vorschein. Jetzt wurde es mühsamer. Ihm stand zwar das entsprechende Werkzeug zur Verfügung, um das schwere Ding zu knacken, aber es würde eine lange, mühselige Arbeit werden.

„Und du hast wirklich keine Ahnung, wo dein Mann die Kombination für den Safe notiert haben könnte?“, fragte er Susanne, die nervös neben ihm stand.

„Nein, ich hab doch schon alles x-mal durchgesucht. Ich denke, der hat sie nur im Kopf oder irgendwo in der Bank. Aber da kann ich nicht hin und alles auf den Kopf stellen. Nu mach' schon, du schaffst das!“, munterte sie ihren Geliebten auf.

Gerade wollte Mike beginnen, als von unten ein Geräusch zu ihnen nach oben drang. Achim! Die Haustür war ins Schloss gefallen, es konnte sonst niemand anderes sein. Susanne und Mike sahen sich erschrocken an. „Los verschwinde, schnell. Durch den Hinterausgang. Ich krieg das schon irgendwie geregelt. Und nimm das Werkzeug mit“, flüsterte Susanne hektisch. „Und was ist mit den Dielenbrettern?“, fragte Mike leise.

„Das mach‘ ich schon. Hau ab, schnell.“

Zusammen verließen sie das Schlafzimmer. Susanne lief nach unten, Mike über die Hintertreppe zum zweiten Ausgang.

„Hallo, was machst du denn schon hier? Ich hab noch gar nicht mit dir gerechnet“, begrüßte Susanne ihren Mann.

Achim muss verschwinden, dachte sie. Er wird mir nicht im Weg stehen. Nicht jetzt, wo ich so nahe am Ziel meiner Träume bin. Wenn er erfuhr, dass sie sich mit seinen Diamanten abgesetzt hatte, würde er Himmel und Hölle in Bewegung setzen, um sie zu finden. Sie ahnte, dass er über Kontakte verfügte, über die sie gar nichts Näheres wissen wollte. Ihre Gedanken überschlugen sich. Naiv, wie sie war, dachte sie nur an das Naheliegende und nicht an eventuelle Folgen. Nur eins war klar: Achim musste weg.

„Kommst du runter, Susanne? Ich möchte etwas mit dir besprechen“. Achims Stimme hatte etwas Bestimmendes, einen Ton, den sie lange nicht mehr von ihm gehört hatte.

„Einen Moment noch, bin gleich da“, rief sie und suchte hektisch nach ihren Schlaftabletten. Jetzt oder nie!

„Ich hab dir einen Cocktail gemischt. Ein neues Rezept, bisschen bitter, aber gut. Probier’ mal.“ Achim hielt Susanne ein Glas mit einer dunklen Flüssigkeit entgegen.

„Ja, gerne, aber einen Augenblick noch. Ich hab’

eine neue Whiskysorte entdeckt. Ich hol dir ein Glas. Dann können wir anstoßen. Die Flasche ist noch in der Küche. Momentchen." Susanne eilte in die Küche und nahm aus dem Vorratsschrank eine Flasche, schüttete ein Glas halbvoll mit Whisky, zerkleinerte in Windeseile die Schlaftabletten und rührte sie unter. Es schien eine halbe Ewigkeit zu dauern, bis sich alles aufgelöst und vermischt hatte. Sie hoffte nur, dass der Geschmack des scharfen Getränkes den der Tabletten übertünchen würde.

Lächelnd betrat sie das Wohnzimmer und streckte Achim das Glas entgegen. Er nahm es und reichte ihr den Cocktail. Sie prosteten sich zu und tranken einen großen Schluck. Da beide das gleiche Ziel verfolgten, nämlich den anderen zu animieren möglichst viel zu trinken, waren die Gläser bald leer. „Wir haben schon lange nicht mehr so harmonisch zusammen gesessen. Ist doch eigentlich schön. Sollten wir wieder öfter machen, findest du nicht?", fragte Susanne mit einem kessen Augenaufschlag. Der rasch hinunter geschüttete Alkohol tat seine Wirkung. „Da hast du recht, meine Liebe." Auch Achim bemühte sich um einen freundlichen Ton. Die letzten Minuten mit seiner Frau wollte er harmonisch genießen. So idiotisch das auch sein mochte.

Es dauerte nicht lange, bis Susanne spürte, dass sie von einer bleiernen Müdigkeit übermannt wurde.

Merkwürdig, dachte sie noch und sah ihren Mann an. Der lächelte zufrieden, aber auch seine Augen wurden kleiner, sein Blick trüber. Achim fühlte sich plötzlich so unendlich schwer. Er griff nach der Hand seiner Frau, als wolle er sich daran festhalten. Mit einem Mal übermannte ihn das schlechte Gewissen. Er geriet in Panik, konnte sich aber kaum mehr artikulieren.

„Susanne", stieß er mühsam hervor, „ruf einen Arzt, ich hab dir Schlaftabletten in den Cocktail getan. Es tut mir leid."

„Du Idiot", röchelte Susanne mit letzter Kraft, „in deinem Whisky waren auch welche." Dann fielen ihr die Augen zu.

„Ja, ich bin ein Idiot", war das letzte, was Achim murmelte, bevor er Susanne an sich zog und zusammen mit ihr einschlief – für immer.

Mike hatte sich im Garten versteckt und das Haus beobachtet. Durch die hell erleuchteten Fenster konnte er verfolgen, was drinnen geschah. Verwundert musste er mit ansehen, wie die Eheleute sich zusammen aufs Sofa setzten und anstießen. Dann schien es, als kämen sie sich näher. Jetzt zog Achim seine Frau an sich, und sie ließ es geschehen. Ihr Kopf sank auf die Schulter ihres Mannes. In trauter Zweisamkeit saßen sie da. In Mikes Kopf explodierte es. Er war davon überzeugt gewesen, dass Susanne nichts mehr für ihren Mann empfinden würde. Und dieser Achim war doch Mandy verfallen. Aber offensichtlich hatten die beiden sich ja wohl wieder versöhnt. So ein Mist! Ihr ganzer schöner Plan, wäre damit über den Haufen geworfen. Na ja, aufgeschoben ist ja nicht aufgehoben. Da mussten Mandy und er sich halt noch ein bisschen mehr ins Zeug legen, um den endgültigen Bruch der Eheleute Reiber herbeizuführen und am Ende ihre Schäfchen, sprich Diamanten, ins Trockene zu bringen. Leise verschwand er und fuhr zu Mandy, um mit ihr die Lage zu besprechen.

Frankfurter Rundschau:

Mysteriöse Todesfälle in Hofheim

Gestern wurden durch eine Hausangestellte in der Villa des bekannten Frankfurter Bankiers Achim Reiber, die Leichen des Hausherrn und seiner Frau Susanne entdeckt. Wie die Polizei mitteilte, handelt es sich eindeutig um einen gemeinsam begangenen Selbstmord. Der Grund ist bisher völlig unklar. Freunde und Bedienstete der Familie können sich nicht vorstellen, warum das Ehepaar aus dem Leben scheiden wollte.

Bei der Durchsuchung des Hauses wurden Diamanten im Wert von mehreren Millionen Euro sichergestellt, deren Herkunft ebenso unerklärlich ist. Die Polizei ermittelt weiter.

FLEISCH

Heidi Moor-Blank

Es war etwas schwierig gewesen, das Trafohäuschen nicht nur komplett lahmzulegen, sondern so zu zerstören, dass auch einige der unterirdisch verlegten Stromleitungen komplett verschmorten.

Mit Flugblättern und Lautsprecherwagen waren die Bewohner des Stadtteils informiert worden, dass es für mindestens 72 Stunden keinen Strom geben würde. Die vorhandenen Notstromaggregate waren für den Supermarkt, eine Arztpraxis und die Hamburger-Kette reserviert worden – für Privathäuser waren keine Kapazitäten mehr frei.

Er hatte gewusst, dass es etwas unbequem werden würde. Ihm fehlte sein Kaffee am Morgen, und die Dusche mit kaltem Wasser hatte er am zweiten Tag gleich ausfallen lassen.

Jetzt stand er mit einer großen Plastikwanne in der Schlange, um den Inhalt seiner Tiefkühltruhe abzuliefern. Bevor die Geräte durch den Verwesungsgeruch des auftauenden Fleisches unbrauchbar werden würden, hatte die Stadt Sammelwagen losgeschickt, bei der die Bewohner die bereits angetauten Lebensmittel abliefern konnten. Das Fleisch würde in der Tierverwertungsanlage verbrannt werden. Ersatz gab es natürlich nicht.

Die Wanne war schwer, und er schob sie mit dem Fuß vor sich her.

„So viel Fleisch! Obwohl Sie doch alleine sind, seit ..."

Er drehte sich zu der Stimme um und fixierte die Frau mit hartem Blick. „Was?"

Die Nachbarin von gegenüber schluckte kurz. Die Bemerkung war ihr so rausgerutscht, und sie versuchte, den peinlichen Moment zu retten. „Na ja, ich meine, Ihre Frau ist vor zwei Jahren ausgezogen und – äh ..."

Sofort hatte er die Gefahr erkannt. Neugierige Blicke und Rückschlüsse waren ein Risiko. Er schätzte ihre Größe auf etwa einsfünfundfünfzig, und sie war dick. Nein, fett. Sehr fett. Quasi quadratisch.

Es würde nicht funktionieren. Und er wollte nicht wieder diese Sauerei in seinem Keller haben. Tagelang hatte er gespült und gewischt und desinfiziert – das war also keine Option.

Er schaltete sofort in den eloquenten Modus und lächelte den Klops an.

„Ach; wissen Sie, ich hatte zu lange nur von belegten Broten gelebt. Jetzt hab ich endlich einen

Kochkurs gemacht. Braten und Steaks und Suppe – das alles kann ich jetzt kochen. Und dann bin ich gleich mal einkaufen gegangen." Er hob kurz die Schultern. „Vielleicht hab ich es etwas übertrieben vor lauter Begeisterung. Und jetzt landet alles in der Verbrennungsanlage. Das ist so schade." Er schüttelte den Kopf und seufzte.

Dann schob er die Wanne wieder einen Meter nach vorne.

Die Frau zeigte auf ihren Korb und nickte. „Ja, es ist so schade um all das gute Essen, nicht?" Sie hatte den Kopf etwas schief gelegt und zwirbelte eine Locke um ihren Zeigefinger. Sie flirtete!

Er konnte es kaum fassen. Dieses fette etwas mit ihrem Korb voller Tiefkühlpizza und Zwei-Liter-Eisboxen blinkerte ihn an und leckte kurz über ihre Lippen.

Er wusste, dass die verräterischen Pakete unten in der Wanne lagen. Selbst wenn die Auftauphase so weit fortschreiten sollte, dass sich die Eisschicht der Plastikfolie auflöste und durchsichtig wurde, würde man nichts erkennen. Der kritische Moment war das Auskippen der Wanne in den Trichter des Sammeltanks.

Die Wanne war zu schwer, auskippen würde nicht funktionieren. Er hatte deshalb Handschuhe mitgenommen, um die Pakete einzeln herauszunehmen und einzuwerfen. Er schwitzte. Und überlegte blitzschnell. „Was essen wir beiden Hübschen denn heute Abend, wenn all unsere Tiefkühlschätze entsorgt sind und die Küche sowieso nicht funktioniert?“ Er ließ seine Augen langsam über ihren Körper wandern, sah dann wieder hoch und fing ihren Blick.

Sie keuchte und ihre Unterlippe bebte heftig.

„Ich ... ich w ... weiß nicht!“

Er schaltete seine Stimme auf die laszive Frequenz.

„Pass auf. Du gehst jetzt nach Hause, bestellst eine supergroße, leckere Pizza für zwei und wartest auf mich. Ich entsorge die Sachen und komme dann nach.“ Er deutete auf seine Wanne und ihren Korb. Sie nickte heftig und strahlte ihn an.
Dann drehte sie sich um und lief davon.

Als er die ersten Pakete aus der Wanne gehoben und eingeworfen hatte, konnte er durch die Folie der zweiten Schicht einen Fuß erahnen. Niemand war in der Nähe, und er atmete tief durch. Blöder Fehler, durchsichtige Gefrierbeutel zu verwenden.

Seine Idee, den Inhalt seiner Tiefkühltruhe endlich loszuwerden, war so genial gewesen – aber er hatte nicht mit einer Warteschlange gerechnet. Er wandte sich um und sah die Straße hinunter zu seinem Haus.

Den Fleischberg aus seinem Keller war er gerade losgeworden, jetzt wartete ein neuer im Haus gegenüber.

Langsam ging er los.
Erst mal Pizza essen.
Dann würde er weitersehen.

MURDER ON THE DANCE FLOOR

Roxana Ené

English Lyric

i´d write a love song every night
the music makes me dream again
i love the color and the sound
on sidewalks and on floors
i lose control
i fly, i cry
i stumble and i fall
again and again
i dance with tumb toes
i walk tall, i jump, i crawl
i’m slipping in and out
i feel the hug
full of love and pain
and when we dance tonight
i fall down, i drop dead
it´s murder on the dance floor

MORD AUF DEM TANZPARKETT

(Freie Übersetzung Chris Silberer)

jede nacht schreibe ich ein liebeslied
die musik zieht mich magisch an
ich liebe die farben und den klang
auf boden und parkett
ich verliere die kontrolle
ich fliege, ich schreie
ich stolpere, ich falle
immer und immer wieder
tanze ich mit tauben zehen
ich gehe stolz, ich springe
ich krieche, rutsche hin und weg
fühl mich gedrückt
erfüllt mit liebe und mit schmerz
und wenn wir tanzen heute abend
wird es mich umbringen
das ist mord auf dem tanzparkett

MURDER
ON
THE
DANCE
FLOOR

BLUTLEER

Monika Deutsch

still steht das Herz

fühlt nicht den schmerz

erst in die brust geschossen

dann mit benzin begossen

hätte der täter mehr obacht genommen

wäre er selbst davon gekommen

WASCHPROGRAMM

Rita Hausen

Am Donnerstagmorgen um Punkt acht Uhr schloss Maria Lückner die Eingangstür zu ihrer Wäscherei auf. Der vertraute Geruch von Waschmittel und Stärke umgab sie, als sie in den hinteren Raum ging, in dem sich die riesigen Waschmaschinen befanden. Die runden Bullaugen standen alle ordnungsgemäß offen, bis auf eine. Maria stutzte. Da war wohl eine Maschine nicht ausgeräumt worden. So eine Schlamperei! Sie schaute durch die Öffnung und schüttelte irritiert den Kopf, dann öffnete sie die Tür. Eine Frauenhand mit rot lackierten Fingernägeln, grausig zu einer Klaue erstarrt, ragte ihr aus der Trommel entgegen. Sie fuhr mit einem Schrei zurück und rang nach Luft. Bei genauerem Hinschauen erkannte sie ihre Angestellte Barbara Klein, die offensichtlich tot in der Maschine lag. Sie konnte nicht fassen, was sie da entdeckt hatte, lief zum Annahmetresen und blätterte ohne Sinn und Verstand in den Auftragsformularen der letzten Tage. Sie legte ihre Hand auf ihr heftig pochendes Herz, fuhr sich über die Augen und ging zur Tür, um sie wieder abzuschließen. Dann lief in das kleine Büro und ließ sich auf einen Stuhl fallen. Völlig verstört starrte sie vor sich hin, bis sie endlich auf die Idee kam, dass sie die Polizei anrufen musste.

Kommissar Steinbeißer traf wenig später mit seinem Team ein. Er besah sich die Tote. Die Leute von der Spurensicherung begannen mit ihrer Arbeit, nach Finger- und Fußspuren zu suchen und die Räume zu inspizieren.

Der Rechtsmediziner hatte Mühe, die Leiche an dem ungewöhnlichen Fundort zu untersuchen und konnte zunächst einmal keine Todesursache nennen.

Als sie versuchten, die Leiche aus der Trommel zu ziehen, erwies es sich, dass das wegen der Totenstarre nicht durchführbar war.

„Warum hat der Täter sich bloß die Mühe gemacht, die Frau in die Maschine zu stopfen?“, brummte der Kommissar.

Der Rechtsmediziner murmelte: „Die Leichenstarre ist bereits ziemlich ausgeprägt. Auf den ersten Blick erkenne ich keine Zeichen äußerer Gewalteinwirkung, bis auf leichte Abschürfungen an der rechten Wange. Wir müssen die Frau irgendwie aus der Maschine rausbekommen. Anders kann ich sie nicht untersuchen.“ Es wurden Spezialisten herbeibeordert, die

die gesamte Maschine auseinandernahmen. Sie hoben die Trommel aus dem Bottich und versuchten, sie an den Schweißnähten auseinander zu drücken. Es dauerte eine ganze Weile, bis sie die Tote aus der Trommel befreit hatten. Doch auch jetzt gestaltete sich die Sektion nicht gerade einfach, da die Leiche wie ein Embryo zusammengekrümmt war. Immerhin konnte der Rechtsmediziner die Körpertemperatur rektal bestimmen und daraus Rückschlüsse für den Todeszeitpunkt ziehen.

Währenddessen knöpfte sich Steinbeißer im angrenzenden Büro die Wäschereibesitzerin vor. Er schätzte sie auf etwa sechzig Jahre. Maria Lückner war völlig aufgelöst. Ihre Hände zitterten und sie strich sich unruhig die Haare aus dem Gesicht. Aus ihr war zunächst kein vernünftiges Wort herauszubekommen. Immerhin gab sie an, die Wäscherei gestern um 17.30 Uhr verlassen zu haben. Da sei Barbara Klein noch im Laden gewesen.

„Sagen Sie mir etwas über die Tote, was wissen Sie von ihr?“

„Ich kann es einfach nicht fassen.“ Da der Kommissar schwieg, fuhr sie fort: „Sie arbeitete seit zwei Jahren hier und war sehr zuverlässig. Ich mochte sie ganz gern. Sie hat mir erzählt, dass sie früher mal angefangen hat zu studieren. Sie sagte, dass sie das

Studium wegen eines Mannes hat sausen lassen. Tja – und dann ist aus der Beziehung nichts geworden, aber sie hat es nicht mehr geschafft, das Studium wieder aufzunehmen. Ich glaube, sie wollte mit Männern nicht mehr viel zu tun haben. Mehr ist mir über ihr Privatleben nicht bekannt. Soviel ich weiß, wohnen ihre Eltern in Hamburg."

Steinbeißer fuhr nachdenklich in sein Büro, goss sich einen Kaffee ein und starrte vor sich hin. Sein Kollege Michels, der sich die Wohnung von Barbara Klein ansehen wollte, meldete sich. „Was hast du gefunden?", bellte der Kommissar in sein Handy. Egbert Michels informierte ihn, dass er einige interessante Briefe und das Foto eines Babys entdeckt habe, er sei auf dem Weg ins Büro.

Wenig später stürmte Michels herein, legte die Briefe und das Foto auf den Tisch und berichtete von seinen Ermittlungen. „Also, so wie es aussieht, hatte die Tote ein Baby von ihrem Freund Kurt Böttcher. Sie studierte Jura, aber nicht sehr ernsthaft. Sie gehörte wohl zu den Studentinnen, die sich einen Jurastudenten aus reichem Hause angeln wollen. Was mit dem Baby passiert ist, weiß ich nicht, das Ganze ist", er zog sein Notizbuch heraus, „fünf Jahre her."

„Hm, hm", machte Steinbeißer, „eine lange Zeit,

da ist es fraglich, ob das etwas mit dem Fall zu tun hat. Aber bleib mal dran, versuch herauszufinden, was aus dem Freund und dem Baby wurde. Ich habe allerdings eher das Gefühl, dass mit der Inhaberin der Wäscherei etwas nicht stimmt. Sie ist wegen des Todes ihrer Angestellten außergewöhnlich mitgenommen. Ob da mehr dahinter steckt?“

Ein Mitarbeiter kam herein und legte Steinbeißer die Adresse von Barbara Kleins Eltern auf den Tisch. Der Kommissar rief in Hamburg an und bekam zu hören, dass die Tochter für sie schon längst gestorben sei, sie würden sich jedoch trotzdem um die Beerdigung kümmern. „Na“, meinte Michels, „die würde ich mir aber noch genauer zur Brust nehmen. Ist doch merkwürdig, oder nicht?“

„Die kommen morgen, da werde ich sie ausführlicher befragen. Aber dass Kinder und Eltern sich entfremden, kommt häufig vor. Die Eltern können es jedenfalls nicht gewesen sein, wenn sie in Hamburg hocken“, antwortete Steinbeißer.

Am nächsten Tag lag der Obduktionsbericht vor. Barbara Klein hatte eine beträchtliche Menge Quadroplex im Blut gehabt. Sie wurde demnach betäubt, dann in die Wäschetrommel gezwängt und war dort erstickt. Vermutlich war sie nicht mehr zum Bewusstsein gekommen. Die Schrammen an der rechten

Wange wurden wahrscheinlich beim Hineinquetschen der bewusstlosen Frau in die Trommel verursacht. Die Spurensuche hatte nichts ergeben, außer einer Vielzahl von Fingerabdrücken, die noch nicht zugeordnet waren.

Steinbeißer fuhr mit einem Assistenten zu Maria Lückner, um sie ein weiteres Mal zu befragen. Sie gab nun an, es müsse doch etwas später als 17.30 Uhr gewesen sein, als sie die Wäscherei verlassen habe. Laut Obduktion war Barbara zwischen 18 und 20 Uhr in der Waschtrommel erstickt. War es denkbar, dass die Chefin die Mörderin war? Welches Motiv sollte sie gehabt haben, gab sie doch an, sich mit der Toten gut verstanden zu haben? Aber wer weiß, ob das stimmte.

Steinbeißer verabredete sich mit Michels in einer Kneipe in der Nähe des Waschsalons. Der Kollege hatte Neuigkeiten. „Stell dir vor, der Böttcher hat fünf Jahre gesessen, weil er das Baby, das die beiden hatten, getötet hat!"

„Ach, und wann wurde er entlassen?"

„Er ist seit zwei Wochen auf freiem Fuß." Michels rekapitulierte:„Vor sieben Jahren lernen sich Barbara und Kurt kennen, sie bekommen ein Kind, das von Kurt getötet wird – also das ergibt keinen Sinn. Warum sollte Böttcher auf die Idee kommen, auch noch seine ehemalige Freundin umzubringen?"

Bei der Befragung der Eltern erfuhren sie, dass Barbara mit ihrem Kind völlig überfordert war. Die Mutter sagte: „Mir kam es so vor, als habe sie gar keine Muttergefühle entwickelt. Ich hatte den Eindruck, dass sie seit der Geburt des Jungen sehr unzufrieden war."

Steinbeißer fragte: „Könnte man das mit dem so genannten Baby-Blues in Verbindung bringen?"

Die Mutter antwortete seufzend: „Möglich." Der Vater schaltete sich ein und meinte: „Sie war einfach unglücklich, ein Kind zu haben. Sie wollte doch studieren – und dann hat sie sich von diesem Böttcher ein Balg anhängen lassen. Der war nicht mal Jurastudent. Sie hat uns sehr spät ins Vertrauen gezogen, wir hätten ihr sonst eine Abtreibung vorgeschlagen."

„Hatten Sie in letzter Zeit noch Kontakt zu Ihrer Tochter?"

„Kaum. Sie hat sich nach dem Prozess so sehr verändert, dass es zu einer Entfremdung kam. Wir konnten uns nicht mehr verständigen. Sie beschimpfte uns, obwohl wir ihr vor Gericht doch geholfen haben."

Michels hatte sich inzwischen über die damalige Verhandlung genau informiert und sagte: „Sie haben Ihrer Tochter ein zweifelfreies Alibi gegeben, nachdem der Verdacht auch auf Barbara gefallen war.

Böttcher wurde in einem Indizienprozess verurteilt, obwohl er immer wieder beteuerte, er sei es nicht gewesen."

Steinbeißer fragte: „Halten Sie das Alibi noch aufrecht, ich meine, jetzt, wo Ihre Tochter tot ist?"

Der Vater zuckte mit den Achseln und sagte: „Ja natürlich."

Kurt Böttcher war also aktenkundig. Als sie die Fingerspuren, die sie an der Waschmaschine gefunden hatten, durch das System jagten, landeten sie schnell einen Treffer. Damit war Böttcher dringend tatverdächtig, und es wurde fieberhaft nach ihm gefahndet. Es dauerte auch nicht lange, bis er gefasst und von den Kommissaren verhört wurde.

„Sie hat unser Baby getötet", behauptete er, „sie konnte mit ihm einfach nicht umgehen und war ständig genervt. Sie hat das Kind umgebracht und dann mich beschuldigt und belastet, was mich fünf Jahre ins Gefängnis gebracht hat." Ihm liefen Tränen über die Wangen, die er sich mit dem Handrücken wegwischte. „Ich habe mich noch einmal mit ihr treffen wollen, um sie zur Rede zu stellen. Aber sie hat wieder alles abgestritten. Da habe ich ihr die K.o.-Tropfen ins Glas getan."

„Dann haben Sie den Mord an Frau Klein geplant?", fragte Steinbeißer.

„Nein, das Quadroplex hatte ich gerade aus der Apotheke geholt, ich leide seit meiner Inhaftierung unter Schlafstörungen.“ „Und warum haben Sie sie in die Waschtrommel gesperrt und ersticken lassen? Das war ziemlich brutal“, hakte Michels nach.

„Sie hat unser Kind erstickt! Mit einem Kissen. Und hinterher behauptet, ich sei es gewesen. Wir wurden zunächst beide verdächtigt, aber dadurch, dass Barbaras Eltern ihr ein Alibi gaben, blieb die Tat an mir hängen. Ich konnte noch froh sein, dass die Richter meinem Anwalt folgten, der auf fahrlässige Tötung plädierte, sonst wären es einige Jahre mehr geworden. Mir blieb nichts anderes übrig, als auf den Rat des Anwalts einzugehen und so zu tun, als sei der Tod des Babys aus Unachtsamkeit geschehen. Als ich Barbara wiedersah, prasselte das alles auf mich ein, und ich wurde furchtbar wütend, als sie erneut abstritt, das Kind getötet zu haben.

Als sie zur Toilette ging, schüttete ich ihr das Mittel ins Glas. Sie trank hastig aus, da sie die Begegnung mit mir schnell hinter sich bringen wollte. Die Betäubung trat rasch ein. Ich bezahlte und hakte sie unter. Obwohl sie mehrmals einknickte, schleifte ich sie zum Waschsalon, der nicht weit entfernt war. Den Schlüssel hatte sie in ihrer Jackentasche. Meine Wut war keineswegs verraucht. Ich warf sie auf den Boden. Sie war kaum noch bei Bewusstsein, doch sie öffnete noch einmal vor Schreck die Augen. Ich schrie: Du willst dich reinwaschen? Das kannst du jetzt haben. – Ich stopfte sie gewaltsam in die Trommel und wollte das Waschprogramm starten, kam aber mit dem Mechanismus nicht zurecht. Voller Zorn trat ich gegen die Maschine und verließ den Raum. Der Schlüssel steckte in der Außentür. Ich schloss ab und nahm ihn mit.“

Kommissar Steinbeißer schüttelte den Kopf und dachte: Das hört sich sehr nach einer geplanten Tat an, ja fast nach einer bewussten Inszenierung. Nicht nach Totschlag im Affekt. Ein entscheidender Unterschied. Doch es ist letztlich Aufgabe des Richters und der Gerichtsverhandlung, das herauszufinden. Wir können nur die Fakten sammeln und daraus Schlüsse ziehen.

MAKE
EARTH
CLEAN
AGAIN

LINZERTORTE

Ingrid Reidel

„Sag mal, der sieht doch tot aus, Hortense!“

„Ja, das war der Feriengast aus Nummer zwei, Engelbert.“

„Aber der liegt ja in seiner eignen Blutlache und hat ein Stück Linzertorte im Mund. So eine, wie du sie immer backst, Schwesterherz. Meine Güte, was ist denn passiert, du hast ihn doch hoffentlich nicht vergiftet?“

„Nein, nein, Henriette. Beruhige dich doch. Es war bloß ein wenig Notwehr.“

„Wie, es war bloß ein wenig was?“

„Notwehr, sag ich doch.“

„Moment. Er liegt hier und ist so mausetot wie ein Sargnagel. Da müssen wir unbedingt die Polizei rufen!“

„Aber das geht nicht, Henriette: Dann wäre ich gnadenlos der Justiz ausgeliefert. Einsperren würden sie mich. In eine finstere Zelle. Willst du das?“

„Aber sagtest du nicht, es war Notwehr, Hortense? Also ich denke, du solltest mir jetzt einmal die ganze Geschichte erzählen.“

„Nun gut. Es war wegen der, nun .... wegen meiner Linzertorte.“

„Linzertorte? Aber die ist doch deine Spezialität, dein köstliches Backwerk? Von deinem Rezept, das du noch mit ins Grab nimmst, zumindest hütest, wie deinen eigenen Augapfel.“

„Nun ja, nicht ganz. Es steht doch auch in unserem Backbuch. Du weißt ja, das große dicke, das sich auf dem gusseisernen Ständer in der Küche befindet. Aber wenn du so willst, Henriette, sie ist schon mein Steckenpferd, die Linzertorte. Schließlich kamen ja unsere Vorfahren aus Österreich. Um es unter uns zu sagen, ich konnte nicht anders.“

„Wie, du konntest nicht anders? Jetzt mach aber mal einen Punkt, Hortense, und erzähl endlich.“

„Also, auch Engelbert war der Torte verfallen.“

„Hast du sie doch manipuliert, Hortense?“

„Keinesfalls, er war vom Fach, verstehst du?.“

„Nein, verstehe ich nicht. Was soll das heißen?“

„Aber Henriette, Schwesterlein, hast du nicht gemerkt, dass meine wundervolle Torte jetzt noch viel besser schmeckt? Ich habe dir doch vorhin zum Frühstück extra ein Stück serviert.“

„Ja, jetzt wo du es sagst. Wie hast du das nur hinbekommen?“

„Was heißt ich? Er war es.“

„Er? Nun mal langsam. Willst du mir etwa einen Bären aufbinden? Wie kann ein Feriengast ein Rezept verbessern?“

„Ich sagte doch, er war Spezialist. Konditormeister, Henriette. Und was für einer! Außerdem war er Nachtwandler. Er tappte immer mit dem Glockenschlag punkt null Uhr in die Küche. Ich fand es so nach und nach heraus. Zuerst habe ich mich ja gefreut, wenn er ein Stück von meiner Torte stibitzte. Alleine deswegen hätte ich mich in ihn verlieben können.“

„Und dann tust du ihm so etwas an? Erzähl das mal deinem Friseur, Schwesterchen. Also los geht's, was genau ist geschehen?“

„Es hat mit meinem Backbuch zu tun.“

„Das auf dem schweren Eisenständer mit deinem genialen Rezept?“

„Genau. Und des Nachts hörte ich Schritte. Dann schlich ich in meinem Nachthemd mit der Kerze hinter einem Gespenst her. Glaubte ich zumindest. Dabei war es nur Engelbert, eben der Feriengast aus Nummer zwei. Mit seiner Konditormütze auf dem Kopf sah er im Zwielicht der Dunkelheit tatsächlich aus wie ein Geist. Und dann beobachtete ich, wie er vor mir in der Küche verschwand. Und kurze Zeit später wieder auftauchte. Ich ging ihm heimlich hinterher und bemerkte, dass er eben in meinem Rezeptbuch geblättert hatte. Und weißt du, was? Du würdest es nie erraten, Henriette.“

„Nun sag schon, Hortense.“

„Er hatte dem Rezept etwas hinzugefügt. Ja, mit einem Kugelschreiber. In der schönsten Herrenhandschrift der Welt. Der Handschrift eines routinierten Gourmets."

„Und was schrieb er darunter?"

„Du wirst es nicht glauben, Henriette. Ein simples Wort mit vier Buchstaben. ZIMT. Es fehlte Zimt. Und es stimmte, die nächste Torte buk ich einfach mit dieser Zutat."

„Unglaublich, deine Torte schmeckte ja schon so himmlisch, aber jetzt schmeckt sie göttlich."

„Siehst du, Schwesterherz. Ja, am nächsten Tag servierte ich sie zum Nachmittagstee mit Zimt. Zu zweit ganz alleine mit Engelbert. Wir bissen in die Torte. Er schaute mich an, und lächelte. ‚Mädchen' sagte er, ‚so ist sie noch viel besser.' Unglaublich nicht?"

„Ja, das ist unglaublich! Du trafst dich heimlich mit dem schönen Engelbert?"

„Hör zu, Henriette. Ich ging davon aus, mit der Verbesserung nun das beste Ergebnis erzielt zu haben. Meine Güte, das hatte ich diesem Mann zu verdanken. Aber Freitagnacht war er wieder in der Küche. Mein Herz begann zu klopfen. Wieder stand etwas handschriftlich unter dem Rezept."

„Und was war es diesmal?"

„Haselnüsse. Mein Herz fing nicht nur an zu klopfen, es raste. Das durfte doch nicht wahr sein!

Ich verwendete immer Mandeln. Zuerst wehrte ich mich dagegen, aber dann ..."

„Bukst du deine Torte mit Haselnüssen ..."

„Und stellte fest, dass sie viel würziger sind, ausdrucksvoller. Eine echte Bereicherung für mein Backwerk und auch entsprechend originalgetreu. Ich habe gleich nachgeforscht, ob das so richtig ist. Und zwar in dem elektrischen Kasten, mit dem man die ganze Welt besehen kann ..."

„Du meinst das Internet?"

„Ja, und stell dir vor: Man kann für die original Linzer auch Haselnüsse verwenden."

„Und nun war die Torte perfekt?"

„Nein, noch nicht ganz. Also, um es kurz zu machen. Wieder saßen wir uns wie verliebt gegenüber. Und wieder strahlte er mich mit seinem schönsten Lächeln an."

„Ein Gentleman. Und nun liegt er mit eingeschlagenem Schädel hier? Ich kann dir nicht folgen, Hortense."

„Dann pass auf, Henriette. Denn jetzt kommt's. Als ich gestern Nacht in die Küche ging, stand etwas unter dem Rezept, was ich ihm nie hätte verzeihen können. Nicht für die beste Linzer des ganzen Universums. Es wäre eine Vergewaltigung gewesen. Eine Vergewaltigung der Königin der Torten und absolut nicht vorbildgetreu."

„Wie?"

„Er kritzelte Himbeermarmelade unter das Rezept. Ja, du hast richtig gehört. Armselige, ordinäre Himbeermarmelade. Gütiger Himmel, nie und nimmer gehört in eine echte Linzertorte Himbeermarmelade! Vielleicht in so ein Rezept aus Hinterbuktu oder so. Aber nicht in das vorbildgetreue unserer Linzer Vorfahren. Das war zu viel für mich. Die Welt schien aus dem Ruder zu laufen. Ich konnte nicht mehr atmen, konnte nicht mehr klar denken und war einfach nicht mehr ich selbst. Nein, ich war außer mir vor Wut. Und mein Herz schien aufzuhören zu schlagen, beziehungsweise aus der Brust springen zu wollen, so erschüttert war ich. Was für ein schrecklicher Fauxpas! Himmel und Hölle stürzten über mir zusammen. Es war das Schlimmste, was ich je erlebt hatte in meinem ganzen Leben, Henriette. In einem plötzlichen Anfall, unbeachtet des Backbuchs, das mit einem klatschenden Geräusch zu Boden fiel, packte ich den schweren gusseisernen Ständer und eilte ihm in meinem Nachthemd hinterher ..."

„Und schmettertest ihm das schwere Ding über den Kopf ...?"

„Jawohl. Es war Notwehr, Henriette. Absolute Notwehr."

SONNENSTICH

Rita Hausen

Seine dominante Stimme! Predigerstimme, die überall und in alles hineinplatzte. Rücksichtslos. Es regte mich so auf, wenn er lauttönend einen Zeitungsbericht oder eine Fernsehsendung kommentierte. Er trampelte mit seinen dünnen Beinchen, die einen dicken Bauch tragen mussten, durchs Haus, zerstörte jede Stille und jede Form der Konzentration auf mich selbst. Alles wusste er besser und natürlich hatte er auch meistens recht. Wollte ich etwas sagen, hörte er nicht zu oder fiel mir ins Wort.

Ich verbrachte nun schon dreiundvierzig Jahre an seiner Seite. Ich habe als Pfarrfrau Dienst getan, was bedeutete, zu jeder Tageszeit Telefonate entgegenzunehmen, unberechtigte Anliegen abzuwimmeln, Besucher zu empfangen, zudringliche Bittsteller höflich, aber bestimmt in die Schranken zu weisen, Kirchengemeinderatsversammlungen zu organisieren, im Kirchenchor mitzusingen – und nicht zuletzt meine Hausfrauenpflichten zu erledigen und Kinder auf die Welt zu bringen.

Eigentlich wollte ich einem eigenen Beruf nachgehen, aber mein „Pfarrherr“ beharrte unnachgiebig darauf, dass ich im Pfarrhaus meine Aufgabe zu erfüllen habe.

Meine beiden Töchter sind nun erwachsen und Anton ist seit einigen Jahren pensioniert. Glücklicherweise hatte er sich die erste Zeit an der Uni herumgetrieben, um sein ohnehin profundes Wissen zu vertiefen.

Es gab bald kein Gebiet mehr, in dem er nicht gründlich informiert war.

Seit jedoch Studiengebühren zu entrichten waren, verzichtete er auf dieses Vergnügen und lief mir nun ständig zwischen den Füßen herum.

Mein kurzfristiger Freiraum, so bescheiden er auch gewesen war, ging also schon wieder zu Ende. Er tigerte durch die Wohnung, redete mir überall rein, hielt mir Vorträge über Themen, die mich nicht interessieren. Wollte ich mal etwas mit ihm besprechen, war es, als redete ich mit einer Wand. Ich ging, so oft es mir möglich war, meiner Wege, besuchte meine Töchter und Enkel, meine Freundinnen und verschiedene Frauengruppen. Anton lästerte über diese Zirkel und nannte sie Klatschweiber oder Hexenküchen.

Erst in letzter Zeit war mir aufgegangen, wie sehr

ich mich selbst zurückgestellt habe, nur um das Ideal der lutherischen Pfarrfrau zu erfüllen. Es war mir bei der Heirat nicht klar gewesen, was da auf mich zukommen würde. Und danach hatte ich gar keine Zeit mehr gehabt, über meine Zwänge nachzudenken. Nun hatte ich aber allmählich die Nase gestrichen voll. Es reichte mir. Ich wollte endlich mein eigenes Leben verwirklichen.

Eine Trennung oder Scheidung kam nicht in Frage, da nach dem neuen Scheidungsrecht meine Versorgung nicht ausreichend gesichert wäre.

Wenn ich doch nur selbst gearbeitet hätte, dann bekäme ich jetzt eine von meinem Mann unabhängige Rente.

Sollte Anton jedoch das Zeitliche segnen, würde ich sechzig Prozent seiner Pension erhalten. Ich begann mir auszumalen, wie ich mein Leben ohne ihn gestaltete, wie ich aufatmete, wie ich meine eigenen Wege ging. Leider erfreute sich Anton einer stabilen Gesundheit, wenn man von gelegentlichen Kreislaufproblemen absah. Was sollte ich tun?

Wie konnte ich es anstellen, ihn zu beseitigen? Ich war seiner so überdrüssig, dass ich über diese Gedanken und Absichten nicht einmal mehr erschrak.

Der Zufall kam mir zu Hilfe. Anton hatte ein Faible für antike Ruinen. Wir waren schon einige

Male in Griechenland auf „Trümmertour" gewesen, hatten uns alte Steine, Säulen und Tempel angeschaut. Selbstverständlich war Anton bei den Führungen immer viel besser informiert als der Reiseleiter. Er unterbrach diesen häufig, um etwas zu ergänzen oder tiefsinnige Fragen zu stellen. Das Augenrollen der anderen Teilnehmer übersah er geflissentlich. Für diese Reisen hatten wir immer das Frühjahr gewählt, weil da die Temperaturen noch angenehm sind.

Dann kam Anton auf die Idee, im Juni nach Lykien zu fahren. Wir hatten uns einer Reisegruppe angeschlossen und stapften in glühender Hitze durch Ruinenfelder, Amphitheater, Schluchten mit Felsengräbern und Nekropolen. Fast überall standen Sarkophage in der Gegend herum, mit und ohne Deckel, mit und ohne Verzierung, manche hoch auf Podesten, manche mitten im Meer. – Das brachte mich auf den Gedanken, ihm einen würdigen Abgang zu verschaffen. Wenn es schon sein musste, konnte ich ja auch auf seine Vorlieben Rücksicht nehmen und seinen Tod ein wenig inszenieren. Damit beschwichtigte ich den letzten Rest meines Gewissens.

Im September legte eine Reisegruppe mit einem Ausflugsschiff am Hafen Sicak an und wanderte über Wege mit roter Erde zu den Ruinen von Aperlai. Dort gab es eine frühchristliche Basilika, in deren

Apsis ein Olivenbaum wuchs, etwa an der Stelle, an der früher der Altar gestanden haben musste. Man sah auch noch ein Stück der antiken Stadtmauer – und natürlich überall wuchtige Sarkophage, in deren Deckplatten meist große Löcher waren, die Grabräuber hinterlassen hatten.

Eine Dame aus England schaute in einen der Steinsärge hinein, fuhr erschrocken zurück und rief: „My Goodness!“ Sie schlug entsetzt die Hand vor den Mund. Die anderen umringten sie und fragten, was los sei. Sie stammelte, dass in diesem Sarkophag – sie zeigte mit dem Finger darauf – ein Toter liege.

„Ach was“, meinte jemand, „die Gräber sind doch schon lange leer.“ Insgeheim dachte er, die Dame habe wohl einen Sonnenstich. Gleichwohl konnte einer nach dem anderen sich davon überzeugen, dass in dem wunderschönen Sarg aus dem vierten Jahrhundert vor Christus eine Leiche lag. Das Badetuch, das sie bedeckte, war löchrig geworden und gab einen Teil des Gesichtes und eine Hand frei.

Währenddessen lebte ich seit drei Monaten als Witwe in spe. Mein Mann war bei den türkischen Behörden als vermisst gemeldet worden, und ich war ohne ihn nach Deutschland zurückgekehrt. Er war auf rätselhafte Art und Weise bei der Besichtigung von Aperlai verschwunden. Solange die Hoffnung bestand, dass er wieder auftauchte, war ich offiziell noch nicht Witwe und erhielt die gesamte Pension meines Mannes. Er würde frühestens in fünf Jahren für tot erklärt werden. Das hatte ich gut hingekriegt. Nun genieße ich meine Freiheit und die ungewohnte Stille im Haus. Seine laute Stimme ist endlich verstummt. Seine Besserwisserei hat ihre Ruhe in einem kühlen Grab gefunden. Ich frage mich ja noch immer, wie ich es fertiggebracht hatte, ihn in den Steinsarg hinein zu wuchten.

Vor ein paar Jahren schon hatte ich mir ein Beet mit Herbstzeitlosen angelegt, zunächst weil ich die Blüten so schön fand. Und gerade im Herbst, wenn nicht mehr so viel blüht, war es eine Augenweide, die krokusähnlichen Blumen in den verschiedenen Violett-Tönen anzuschauen. Das Stichwort „Hexenküche“, mit dem Anton mich ärgern wollte, brachte mich auf die Idee, aus den Herbstzeitlosen ein tödliches Gift zu brauen. Ich nahm die Samen und übergoss sie mit heißem neunzig-prozentigem Ethylalkohol. Dann nahm ich neue Samen und übergoss sie mit dem schon gewonnenen Extrakt. Zum Schluss dampfte ich die Flüssigkeit ein und erhielt so eine hochprozentige Colchicin-Lösung. So hatte ich im doppelten Sinn eine Lösung für meine Probleme gefunden.

Während sich Anton im Hotel am Frühstücksbuffet bediente, goss ich ihm den Colchicin-Extrakt in den Tee. Wenig später beschwerte er sich:

„Der Tee ist total bitter, sie haben ihn viel zu lange ziehen lassen.“

Ich pflichtete ihm bei. Dann mussten wir uns beeilen, um pünktlich zum Bus zu kommen. Mir war bewusst, dass das Gift erst nach drei bis vier Stunden zu wirken anfing.

Bei der Besichtigung der antiken Ruinen klagte Anton plötzlich über ein Brennen im Mund, trank seine Wasserflasche leer, ohne dass eine Linderung eintrat. Dann wurde ihm übel, und er rang nach Luft. Wir waren hinter der Gruppe zurückgeblieben, und er hatte sich auf den Rand eines halboffenen Sarkophages gesetzt. Ich hatte ihn beruhigt und gesagt, es werde sicher gleich vorbeigehen. Was sich bewahrheitete. Er sackte stöhnend zusammen und rutschte zur Hälfte in das Grab hinein. Er lief blau an, sein Gesicht verzerrte sich, und er hörte auf zu atmen. Nun musste ich es nur noch fertig bringen, ihn ganz in das Grab hineinzudrücken. Das war schwierig, und ich schwitzte dabei wie ein Ochse. Schließlich aber hatte ich ihn mühsam in den Sarkophag gebettet. Ich breitete ein weißes Badetuch über ihn und nahm leichten Herzens, aber schwer schnaufend Abschied von ihm. Nun beeilte ich mich, wieder zu den Reisegefährten zu stoßen, die in einem Café gemütlich auf niedrigen Polstern sitzend Tee tranken. Mit hochrotem Kopf und völlig außer mir berichtete ich, dass mein Mann verschwunden sei. Auf die Nachfragen des Reiseleiters stammelte ich nur: „Vermutlich ist er auf die antike Mauer geklettert und von dort auf die Felsen oder ins Meer gestürzt." Die Rolle der verzweifelten Ehefrau fiel mir überraschend leicht. Der Reiseleiter setzte einen Notruf ab und nach einer Weile kam ein Suchtrupp, der aber auf den Felsen und im Meer nichts fand. Zum Glück kam niemand auf die Idee, in den Sarkophagen nachzusehen. Wozu auch? Dort konnte ja niemand ertrinken oder abstürzen.

So wurde Anton als vermisst gemeldet und tauchte nicht mehr auf, bis diese englische Reisegruppe die abgelegenen Ruinen besichtigte.

Nun liefen die polizeilichen Untersuchungen an. Schnell hatte man die Leiche, die ziemlich eingetrocknet war, mit dem vermissten Deutschen in Verbindung gebracht.

Die Obduktion ergab: Keine äußeren Gewalteinwirkungen, keine Hinweise, die auf einen Mord hätten schließen lassen. Bestimmte Gifte kann man nach drei Monaten nicht mehr nachweisen. Dazu gehören vor allem natürliche Toxine. Blieb die Tatsache, dass jemand die Leiche mit einem Badelaken bedeckt hatte.

Der Fall wurde an die deutsche Polizei übergeben, die Leiche nach Deutschland überführt. Als ich von der Kriminalpolizei befragt wurde, behauptete ich steif und fest, dass mein Mann an einem Hitzschlag gestorben sei. Er habe wohl zu viel Sonne abbekommen. Ihm sei übel geworden. Habe begonnen zu taumeln. Als er sich auf einen der Sarkophage setzte, das Bewusstsein verloren, und als er schließlich aufgehört habe zu atmen, sei ich völlig konfus gewesen.

„Von der Gruppe war niemand mehr da, der mir helfen konnte, was sollte ich denn tun? In meiner Verzweiflung kam ich auf die Idee, ihn in diesem Steinsarg liegenzulassen. Aus Pietät habe ich ihn noch mit dem Badelaken bedeckt. Ich habe diese ganzen Umstände der Überführung und Beerdigung gefürchtet – und was das alles kostet! Und so war es doch gut gewesen. Anton hatte eine Schwäche für diese alten Gräber und hatte noch einen Tag vor seinem Tod gesagt, dass er in so einem Grab beerdigt sein wolle. Natürlich hat er nicht geahnt, dass es so bald sein würde."

„Aber so etwas geht doch nicht", hielt der Kommissar mir vor, „es gibt Vorschriften, wie man mit einer Leiche umzugehen hat. Wenn das jeder machen würde!"

„Ja, ich weiß", antwortete ich kläglich, „aber ich war so durcheinander."

„Wie haben Sie denn die Leiche in das Grab hineinbekommen?"

„Na ja, er saß ja schon auf der Einfassung und ist, als er erstickte, rückwärts hineingefallen, ich musste nur die Beine über den Rand heben." Ich begann zu weinen. „Es war furchtbar. Mir war nun auch übel. Die Hitze setzte mir zu. Es gab wenig Schatten. Ich weiß gar nicht mehr, wie ich zum Treffpunkt der Reisegruppe gekommen bin."

Meine gut gespielte Verzweiflung erregte das Mitleid der Kriminalbeamten. Sie konnten sich nicht vorstellen, dass ich eine Mörderin sein sollte. Und letztlich blieb ihnen nichts übrig, als mir die haarsträubende Geschichte abzukaufen. Gerade das Handtuch sprach dafür, dass ich ihn sicher nicht umgebracht hatte, denn das hätte eine Mörderin doch weggelassen, um nicht den Verdacht auf sich zu lenken. Es wäre schwer, mir etwas nachzuweisen, da ja keine Hinweise auf Fremdeinwirkung gefunden worden waren.

Schließlich einigten sie sich wohl darauf, dass die Pfarrersgattin durch den plötzlichen Tod ihres Mannes etwas verwirrt gewesen war, möglicherweise hatte sie selbst Symptome eines Sonnenstichs gehabt.

Was müssen die alten Leutchen auch bei solch hohen Temperaturen in der Türkei herum stiefeln.

Ich wurde nun doch schon früher Witwe und bekam sechzig Prozent der Pension meines Mannes. Die hatte ich mir schwer genug verdient.

Geheim
bund
der
Frei
putzen

DER GEHEIMBUND DER FREIPUTZEN

Chris Silberer

Mein Name ist Läpple. Leni Läpple. Sie werden diesen Namen allerdings in keinem Telefonbuch finden. Genau genommen ist es mein „Künstlername“. Was Schauspieler und Sänger können, kann ich als Edelputze doch schon lange!

Noch nie von mir gehört? Kein Wunder, schließlich gehöre ich dem Geheimbund der Freiputzen an. Eine internationale Frauenvereinigung, deren Mitglieder im Verborgenen arbeiten, also ohne öffentliches Brimborium. Wir gehen schmutzigen Machenschaften auf den Grund. Weil wir wollen, dass die Welt wieder etwas sauberer wird. Und zwar nicht nur auf dem Edelholzparkett oder in den Ecken exklusiver Marmorbäder.

Unser Wirken geht in die Tiefe – manchmal sogar in die Psyche. Das kann auch schon mal richtig wehtun. Aber wir fühlen uns schonungslos der Gerechtigkeit und Aufklärung von Missständen verpflichtet. Dabei spielt es keine Rolle, bei wem wir aufräumen. Es kann den kleinen Beamten genauso treffen wie

den Herrn Minister oder den Großfabrikanten. Von Status und Geld lassen wir uns nicht beeindrucken. Von Letzterem haben wir selbst genug. Unser Vorteil: Wir kommen in jeden Haushalt. „Perlen“ mit solchen Referenzen sind rar und begehrt (Das derbe Wort Putzfrau haben wir längst aus unserem Wortschatz gestrichen!).
Frau Feger zum Beispiel … Sie hat es bis in die Berliner Privatwohnung der Bundeskanzlerin geschafft. Dabei hat sie nicht nur unzählige Hosenanzüge in allen Farben aufgebügelt, sondern auch einen geplanten Anschlag vereitelt. Während Frau Feger und ich den schmutzigen Geschäften und Machenschaften vor Ort nachgehen, ist unsere Miss Proper (natürlich auch nur ein Deckname) quasi unser Back-Office. Ein absolutes Ass, wenn es um fremde Daten oder Dinge wie das Surfen im Dark Net geht. Eine Hackerin par excellence! Wie sollten wir auch sonst Einblick in so brisante Dateien bekommen, wie die Porno-Aufnahmen des Herrn Oberstaatsanwalts W. in S.? Natürlich sind wir auch bei unseren Einsätzen auf äußerste Diskretion bedacht. Also keine Namen!

Dieser Dr. W.: Nach außen hin ein Saubermann bester Güte. Sauberer Jura-Abschluss, summa cum laude sogar. Saubere Karriere. Sauberes Privatleben. Standesgemäße Heirat mit einer begüterten Kaufmannstochter, keine Kinder. Witwer vor zwei Jahren, weil seine Frau Selbstmord begangen hat. Angeblich wegen einer Depression. Dann vor Kurzem die zweite Ehefrau mit Kind. Genauer gesagt mit einer Tochter von neun Jahren. Nina heißt die Kleine mit den dunklen Locken und dem süßen Schmollmund. Bei den gar nicht sauberen pädophilen Interessen des Herrn Oberstaatsanwaltes schrillten bei uns Edelputzen natürlich sämtliche Alarmglocken!

Um der Sache nachzugehen und mir persönlich ein Bild zu machen, wurde ich als Urlaubsvertretung der polnischen Putzfrau in die Villa in S. eingeschleust. Dass die Mutter dieser Haushaltshilfe angeblich plötzlich erkrankte, war Teil unseres Plans. Dank der großzügigen Kostenerstattung nahm Olga sofort vier Wochen Urlaub und machte sich auf die Heimfahrt. Wie gesagt: Geld spielt bei unserem Einsatz keine Rolle.

So trat ich an einem Montag bei der Frau des Hauses meinen Dienst an. Frau W. war relativ jung und hübsch, aber unscheinbar, trotz der teuren Designer-Kleidung, die sie trug.

Ganz anders das hochherrschaftliche Haus im Jugendstil, in das ich mich sofort verliebt habe. Ein wirklich schönes Gebäude mit originalgetreuen Fenstern und schmiedeeisernen Blumenornamenten an den Fensterbrüstungen und Balkons. Der große Garten vor und hinter dem Anwesen war gepflegt, die

Hecken und Sträucher schienen mit dem Lineal geschnitten worden zu sein.

Im Innern der Villa fiel sofort die repräsentative Holztreppe links und rechts der Balustrade auf, die mich irgendwie an die Szene aus einem meiner Lieblingsfilme erinnerte: „Vom Winde verweht". Der übergroße Spiegel mit Goldrand als zentrales Element im Erdgeschoss und der kristallene Kronleuchter, der das Foyer erhellte, unterstrichen diesen Eindruck noch.

Schon in der ersten Stunde des ersten Tages (Ich konnte kaum mein Straßen-Outfit mit meiner blümeranten Kittelschürze tauschen) lernte ich den Herrn Oberstaatsanwalt als korpulenten und pingeligen Hausadmiral kennen, der genaue Vorstellungen von Putzplan und Umsetzung hatte. Seine Frau sagte kaum etwas, nickte ihm nur stets beipflichtend zu. Auf gut Deutsch: Sie hatte nichts zu melden. Verdächtig kamen mir die blauen Flecken an ihrem Hals und den Unterarmen vor. Den Rest ihres Körpers versteckte sie unter hochgeschlossener, langärmeliger Kleidung, und das mitten im Sommer. Ein Indiz für häusliche Gewalt?

Um dem strengen Hausherrn mit der Halbglatze die folgsame und strukturierte Putzsoldatin zu geben, wirbelte ich wie ein Saugroboter auf Autopilot durch den Eingangsbereich mit dem geschmackvollen Fliesenmosaik und machte mit Lappen, Eimer und Wischmopp klar Schiff. Dann waren die Holztreppe und die Empore dran, die ich auf Hochglanz trimmen sollte. „Darauf lege ich besonderen Wert“, verkündete mir Dr. W., der sein Büro im ersten Stock gleich rechts neben der linken Treppe hatte, noch vor dem angrenzenden Schlafzimmertrakt. Wie auf einer Kommandobrücke überprüfte er von der Balustrade aus, die Arme auf das Geländer gestützt und mit in die Ferne gerichtetem Blick, ob ich das vorgegebene Programm auch ordentlich durchzog.

Zum Glück hatten sie für die Holzböden im Haus einen elektrischen Bohnerblocker. Dennoch standen mir nach kurzer Zeit die Schweißperlen auf dem Gesicht. Als ich fertig war (im wahrsten Sinne des Wortes!), wollte ich mir das Büro des Staatsanwaltes vornehmen. Bevor ich eintreten durfte, betonte er, dass er das Holz seines wuchtigen Schreibtischs selbst pflegte. „Ich lasse mir dafür extra eine besondere Möbelpolitur aus Südamerika kommen“, verriet er mir und sah mich mit seinen wässrigen Augen durchdringend an. „Kommt direkt aus dem Amazonasgebiet in Brasilien.“ Und während ich saugte, legte Dr. W. tatsächlich persönlich Hand an das massive Mahagoniteil, als poliere er einen Silberpokal auf Hochglanz. Da durfte also sonst keiner ran. Jeder hat halt so seinen Tick, dachte ich.

Oder wollte er nicht, dass ich einen Blick auf seinen Stapel Unterlagen werfen konnte?

Während ich die nächsten Tage meine Arbeit verrichtete, fiel mir auf, dass sich Dr. W. immer wieder stundenlang in einem Pavillon im Garten aufhielt, und zwar hinter verschlossener Tür. Seine junge Frau schien das gleichmütig hinzunehmen und betonte mehrmals, dass der Pavillon für mich tabu und nicht zu putzen sei. Meinem Team gelang es trotzdem, dort heimlich eine Kamera zu installieren, und zwar über das Dach. Auch in der Villa hatten wir überall Kameras installiert, die wir auf den Monitoren in einem Übertragungswagen ganz in der Nähe überwachen konnten. Auch die im ganzen Haus versteckten Wanzen waren individuell anzusteuern, so dass wir auch hörten, was im jeweiligen Raum passierte.

Und ich sage Ihnen: Bei der Mission „Nina" war es tatsächlich fünf vor zwölf Uhr! Ich war gerade mal eineinhalb Woche im Haus, da musste ich eingreifen, als die Mutter beim Friseur war. Eigentlich hatte ich an diesem Tag keinen Dienst mehr und mich bereits offiziell bei meinem Putzadmiral abgemeldet. Aber natürlich überprüfte ich vor Verlassen des Hauses noch die Einstellungen der verschiedenen Kameras, die ich auch auf meinem iPad verfolgen konnte. Später würde dann Miss Proper die Überwachung übernehmen. Während ich mich umzog, stellte ich mit Erstaunen fest, dass der Herr Staatsanwalt anstatt des sonst obligatorischen gedeckten Anzugs am hellichten Nachmittag einen grün-beige gestreiften Bademantel aus dickem Frottee trug, den er nur knapp über seinem Bauch schließen konnte. Ein Anblick zum Abgewöhnen! Das kam mir natürlich schon sehr merkwürdig vor. Aber als Dr. W. die Vorhänge in seinem Büro schloss, da wusste ich: Gefahr in Verzug! Ich steuerte das Kinderzimmer an und bekam über Kopfhörer mit, wie der feine Herr Staatsanwalt die überraschte Kleine mit fadenscheinigen Versprechungen aus ihrem Kinderzimmer locken wollte. Die Kamera zeigte mir, wie er das Mädchen, das sich bockig stellte, einfach hinter sich herzog.

Ich also schnurstracks meinen Staubsauger gepackt (Für die Kittelschürze war keine Zeit mehr) und in das Büro des feinen Herrn Staatsanwalts gestürmt. Dr. W. sah mich mit einer Mischung aus Fassungslosigkeit und abgrundtiefem Hass an, als müsste ich auf der Stelle tot umfallen. Den Gefallen tat ich ihm natürlich nicht. Stattdessen spielte ich die Überraschte, ihn hier vorzufinden. Ich faselte etwas von „Termin verschoben“ und saugte demonstrativ um seinen Schreibtisch herum. Seine Gesichtsfarbe sprang von Rot auf Dunkelrot. Und bevor er explodierte, nahm ich das verängstigte Mädchen von seinem Schoß und versprach ihm, einen Kakao zu machen, angeblich damit der Stiefvater ungestört arbeiten konnte. Nun sollte man eigentlich meinen, man müsste die Ehefrau und Mutter des Kindes nur aufklären bzw. warnen, was für ein Schwein sie da geheiratet hat, aber so einfach ist die Welt nicht. Triebtäter wie Dr. W. suchen sich ihre Opfer und Co-Opfer ganz genau aus. Seine erheblich jüngere Gattin hatte offensichtlich wenig Selbstwertgefühl und war hin- und hergerissen zwischen der Angst, von ihm geschlagen zu werden, und dem Glück, durch ihn in „bessere" Verhältnisse aufgestiegen zu sein. Zu ihrer Tochter war sie zwar einigermaßen fürsorglich, verbrachte ihre Zeit aber auch gerne alleine mit Wellness, Shopping und der Scheckkarte ihres gut situierten Mannes in der Stadt.

Diese Mütter wollen nicht sehen, dass ihr großzügiger Ehemann es eigentlich nur auf die Tochter abgesehen hat. Das wurde mir leider klar, als ich ihr bei passender Gelegenheit auf den Zahn fühlte. Also musste ein anderer Plan her, um diesem Kinderschänder das Handwerk zu legen. Einen Tag später – ich war gerade beim Fensterputzen – teilte mir Ninas Mutter mit, dass ich zum Monatsende meine Papiere abholen könnte, da ihr Mann mit meinen Leistungen nicht zufrieden sei. Dafür war die Gute also gut genug. Sie übergab mir den Wisch fast unterwürfig. Ich wusste natürlich genau, warum ihr Mann mich feuerte. Jetzt musste es schnell gehen. Wir hatten höchstens noch zwei Wochen Zeit, um den pädophilen Staatsanwalt irgendwie aus dem Verkehr zu ziehen und Nina aus der Gefahrenzone zu holen.

Miss Proper sorgte dafür, dass Ninas Mutter bei einem ihrer Lieblingsversandhäuser im Internet einen Preis gewann: einen unvergesslichen Tag in einem nahen Freizeitpark für sich und die Tochter – inklusive eines Shopping Gutscheins in überzeugender Höhe. Wie erwartet, konnte Dr. W.'s bessere Hälfte da nicht widerstehen. Für den Herrn Oberstaatsanwalt legten wir einen Köder im Dark Net aus. Wir wussten, dass er unter dem Pseudonym „Diabolo" in Chats auftauchte und eindeutige Angebote suchte. Wir boten ihm kurzfristig ein fingiertes Date mit einer angeblich Zehnjährigen an. Auch da biss der Fisch an. Nachdem man sich über den Preis einig war, sollte man ihm die Frischware (so nannte er es tatsächlich!) punkt 15 Uhr in der Villa vorbei bringen. Wir vereinbarten nochmalige Telefonabsprache bei Ankunft. Alles natürlich mit Prepaid-Karte auf einer geheimen Nummer, um nicht zurückverfolgt werden zu können.

Unser Geheimbund-Team war sich einig, dass wir für diese Aktion kein Kind in Gefahr bringen wollten. Für das Date hatten wir lediglich auf vorhandenes Fotomaterial aus dem Internet zurückgegriffen. Da wir nicht wussten, welche einschlägigen Kontakte der Oberstaatsanwalt in höheren Kreisen hatte, konnten wir die Kripo nicht von vornherein ins Boot holen. Schließlich konnte er schon ziemlich lange unbehelligt sein Unwesen treiben. Um ihn in flagranti zu überführen, wollten wir ihn körperlich außer Gefecht setzen und die Polizei dann quasi mit der Nase auf seine abartige Veranlagung stoßen. Wir dachten an einen Sturz von der großen Treppe der Villa und das zufällige Auffinden der brisanten Daten in seinem Büro.

Wie wir wussten, lebte der perverse Staatsanwalt seine Neigungen jedoch hauptsächlich in diesem Garten-Pavillon aus, wo sich auch seine pornografischen Daten befanden. Miss Proper hatte sich mehrmals davon überzeugen müssen, wie dieser Widerling, sich auf Kosten von Minderjährigen und sogar Kleinkindern einen runtergeholt hatte. Ganz zu schweigen von den Video-Clips, in denen er mit unschuldigen Kindern selbst agierte und die er im Dark-Net anderen Pädophilen anbot.

Da wir im Haupthaus besseren Zugriff hatten, mussten wir den Pavillon unbrauchbar machen. Einen Tag vor dem Ausflug in den Freizeitpark seiner Frau und Stieftochter fingierten wir deshalb einen Einbruch, indem wir die Tür des Pavillons einschlugen und Dr. W.'s geheimes Nest mit ekelhaft stinkender Buttersäure für lange Zeit unbewohnbar machten.

Als der Staatsanwalt den Einbruch bemerkte, regte er sich unglaublich auf, meldete ihn jedoch nicht der Polizei, als er feststellte, dass sein Computer noch da war. Den PC rettete er umgehend in sein Büro in der Villa, das seitdem abgeschlossen war.

Am Morgen des Ausflugstages bereitete ich Nina und ihrer Mutter ein leckeres Lunch-Paket für den Freizeitpark und winkte ihnen noch zum Abschied aufmunternd zu. Offiziell war meine Arbeit damit beendet. Der saubere Oberstaatsanwalt wollte natürlich nicht, dass ich nochmals eines seiner Tête-à-têtes störte. So, wie er mich die ganze Zeit ansah, war nicht ausgeschlossen, dass er mir nicht traute oder zumindest sehr misstrauisch war. Und tatsächlich: Als ich mich bei ihm abmeldete, verlangte er meinen Haustürschlüssel. Ich tat überrascht und übergab ihm den Schlüssel, bevor ich die Villa verließ. Natürlich hatten wir längst Nachschlüssel anfertigen lassen.

Im Überwachungswagen sah ich auf einem der Monitore, dass es sich dieser Kinderschänder in seinem abgedunkelten Büro bequem gemacht hatte. Mit geschlossenen Augen lag er auf der alten Chaiselongue mit dem grünen Samtstoff und trug diesen widerlichen Morgenmantel, während er klassischer Musik lauschte. Über den Hintereingang schlich ich heimlich in die Villa zurück und ging auf rutschfesten Strümpfen zum Treppenabsatz im ersten Stock. Hinter der Tür war außer der Bach-Sonate und einem leichten Schnarchen nichts zu hören. Vorsichtig präparierte ich direkt vor der Bürotür den Holzboden großzügig mit einer ganzen Flasche dieser extra feinen und exotischen Möbelpolitur aus Südamerika. Mit hämischem Grinsen schlich ich auf leisen Sohlen die Treppe hinunter, um eiligst in der Besenkammer im Erdgeschoss zu verschwinden.

Plangemäß klingelte kurz darauf das Telefon. Vom Handy aus rief Frau Feger den Staatsanwalt unter seiner Geheimnummer an und behauptete, dass sie ihm die „Frischware" jetzt ausliefern würde. Als es kurz darauf dreimal klingelte, beobachtete ich durch den Türspalt, wie der Oberstaatsanwalt seine Tür aufriss und aus dem Büro stürmte. Bei der ersten Berührung seiner ledernen Hausschlappen mit dem sauglatten Holzboden zog es ihm die Füße weg, und er schlitterte erwartungsgemäß auf die lange, steile Treppe zu, auf der er sich möglichst ein paar Knochen brechen sollte. Wir wollten ihn quasi außer Gefecht setzen, damit die Polizei nach einem anonymen Anruf auftauchen und auf seinem Rechner die Porno-Dateien finden konnte. Parallel sollte die Presse informiert werden. Soweit der Plan.

Doch erstens kommt es anders und zweitens, als

man denkt. Leider hatten wir weder die Fliehkraft seines massigen Körpers berechnet, noch einkalkuliert, dass der korpulente Oberstaatsanwalt sich im Fallen trotz seiner schwabbeligen Fleischmassen drehte und sich im letzten Moment mit einer Hand am Geländer der Balustrade festkrallte. Doch, anstatt ihn aufzufangen, öffnete sich das schöne alte Holzelement wie eine Tür zur Hölle und ließ Dr. W. sechs Meter tiefer auf das geschmackvolle Fliesenmosaik im Foyer krachen. Das Geräusch, als sein Kopf zerschmetterte, war genauso hässlich wie der fahle nackte Bauch, der entblößt aus dem grün-beige gestreiften Bademantel hervorragte und sich in dem riesigen Spiegel mit Goldrand auch noch duplizierte. Eine Blutlache bildete sich blitzschnell um seinen Kopf. Seine Augen starrten ins Leere. Er war tot.

Fassungslos stand ich vor dem Szenario. Mit diesem Ablauf hatte ich nicht gerechnet. Wieso hatte das Geländer nicht gehalten? Ich konnte es mir nur so erklären, dass auf der einen Seite die Schrauben fehlten. Hatte es jemand absichtlich manipuliert?

Vielleicht hatten wir die junge Ehefrau ja unterschätzt? Immerhin würde sie jetzt ein stattliches Vermögen erben und wäre den Kotzbrocken los. Aber war sie dafür clever genug? Oder war die Geländerfalle vielleicht sogar ein Vermächtnis seiner ersten Frau, der das Haus einmal gehört hatte? Eine unerwartet späte Rache für all die Qualen, die er ihr physisch und psychisch zugefügt hatte, bevor sie freiwillig aus dem Leben schied? Mühsam riss ich mich von meinen wilden Spekulationen los, um unseren Plan zu Ende zu führen.

So oder so sollte alles nach einem Unfall aussehen. Ich entfernte in den Zimmern die Kameras und Wanzen. Die angebrochene Flasche Möbelpolitur mit Dr. W.'s Fingerabdrücken legte ich demonstrativ neben die Bürotür, als wäre sie ihm aus den Händen gefallen und die Ursache einer Kette von unglücklichen Umständen. Meine Gummihandschuhe, die Ersatzflasche Möbelpolitur samt der mit Öl getränkten Wollsocken entsorgte ich in einer öffentlichen Damentoilette. Dann ging ich zu meinem Alibi und löste Frau Feger ab, die für mich in der Zwischenzeit eine Kinokarte für die Nachmittagsvorstellung eines nahen Kinos gekauft hatte. Über den aktuellen Filmstreifen hatte ich mich vorher schon informiert. In der Toilette tauschten wir die rote Brille und die beige Mütze aus, an die sich die Kassiererin an der Kasse sicher erinnern würde. Genau wie die Süßigkeitenverkäuferin, bei der ich nach Ende der Kriminalkomödie noch eine Tüte Pfefferminzbonbons mitgenommen und sie mit ganz viel Kleingeld bezahlt hatte.

Den Rest weiß ich nur aus der Erzählung der Ehefrau

des Staatsanwalts. Als sie und ihre Tochter von dem Ausflug zurückkehrten, bot sich ihnen ein grauenvoller Anblick. Während sie dem Kind die Augen zuhielt, rief sie die Polizei.

Im Rahmen der Ermittlungen wurden alle befragt. Natürlich auch ich. Mein Alibi bestätigte sich erwartungsgemäß. Genau wie das der Ehefrau, die nachweislich den ganzen Tag außer Haus war. Am Ende wurde das Verfahren eingestellt und ein Unfall testiert. Merkwürdigerweise fand die Polizei trotz unserer genauen Instruktionen keine Pornoaufnahmen auf dem PC. Hatte die Ehefrau sie verschwinden lassen? Oder vielleicht sogar die Polizei bzw. irgendwelche Spezis, die das Saubermann-Image des Herrn Oberstaatsanwalts retten wollten bzw. eine eigene Komplizenschaft vertuschen? Wir hatten die Daten natürlich überspielt. Aber gegen Tote wird nicht ermittelt. Und nachdem der Staatsanwalt bei der Aktion zu Tode kam, war uns die Information der Presse zu heikel.

Ganz wollten wir Dr. W.'s Vorlieben für kleine Lolitas jedoch nicht unter den Teppich kehren lassen. Ein paar der Missbrauchsopfer konnten wir anhand von Fotos ausfindigen machen und haben dafür gesorgt, dass sie aus dem Nachlass von Dr. W. ein angemessenes Schmerzensgeld bekamen. Dazu verdonnerten wir die junge Ehefrau unter Androhung der öffentlichen Bekanntmachung, was sie offensichtlich scheute. Außerdem musste sie sich verpflichten, sich einer Therapie zu unterziehen. Wer als Mutter so labil ist, dem wird womöglich erneut übel mitgespielt. Das waren wir der kleinen Nina schuldig. Dass Ninas Mutter hinter den fehlenden Schrauben im Holzgeländer steckte, hat die Witwe uns gegenüber vehement bestritten. Ich tippe immer noch auf Ehefrau Nr. 1. Die Rache aus dem Jenseits, das hat so etwas Unheimliches …

Auf jeden Fall war von uns wirklich nicht geplant, dass Dr. W. bei unserem Einsatz zu Tode kam. Aber mal ehrlich: Ist es schade um so einen Menschen? Nein! Deshalb – Schwamm drüber und gut! Und der Geheimbund der Freiputzen?

Wir sind allzeit bereit.
Es gibt noch viel zu tun.
Packen wir's an!
Mit Schrubber und Eimer!

Dank

Unser Dank gilt den Autorinnen dieser Anthologie, die uns als Herausgeberin ihre Geschichte anvertraut und zu dieser Vielfalt an Ideen beigetragen haben. Die Arbeit mit Euch war sehr konstruktiv und spannend, auch wenn der schwarze Humor manchmal Angst macht …

Danke sage ich unseren Testlesern sowie Rita Hausen, die mit genauem Blick Grammatik und Rechtschreibung überwacht haben.

Besonders bedanken möchten wir uns bei unserer Künstlerin Roxana Ené, die sich für die originellen Illustrationen verantwortlich zeichnet.

Vielen Dank allen, die uns und jede Autorin bei der Arbeit an dieser Kurzkrimi-Sammlung unterstützt und ermutigt haben.

Chris Silberer und Ingrid Reidel
September 2020

Im crimetime-Verlag erschienen:

KILLER FOR ONE
MORDSMOMENTE
HAARSCHARF UND ZABBEDUUSTER
KORBLEGER
GUTE WICHTE BÖSE WICHTE
ZWANGSVERMÄHLT
AB IN DIE URNE

Weitere Information auf den Folgeseiten sowie unter www.crimetime-verlag.de

Dort können auch signierte Bücher ohne zusätzliche Versand- und Portokosten direkt bestellt werden:

Alle Bücher sind im Buchhandel erhältlich.

Aberwitziges und Skurriles ...

Ingrid Reidel, die Gewinnerin des Deutschen Kurz-Krimipreises 2017, sticht messerscharf in die scheinbar heile Welt deutscher Wohnzimmer und Beziehungskisten. Ob sündhaft teure Rache einer verschmähten Ehefrau oder Verzweiflungstaten diskriminierter Fleischesser – die Weinheimer „Miss Marple" schreibt tödlich komisch!

AB IN DIE URNE

ISBN 398-1-374-940 11,95 €

Mord mit Genuss

Zehn perfekt ausgereifte Kurzkrimis mit dem intensiven und berauschenden Aroma von Mord und Totschlag, kombiniert mit leidenschaftlich gehegten badischen Reben und charaktervollen Weinen die Cuvée von beidem besticht! Es wird erdrosselt, gestürzt, erwürgt, erschlagen und vergiftet, in alten Gewölben mit polternden Weinfässern und eiskalter Absicht. Eine Weinreise durch Baden mit gewiss fatalem Ende! Gehaltvolle Krimis von Autorinnen der Region, alle ‚Mörderische Schwestern'.

TÖDLICHE SCHLÜCKCHEN
im Verlag Regionalkultur
ISBN-13: 978-3897357938 9,90 €

UNSERE AUTORINNEN

Gudrun Bendel

Aus einer harmlosen Alltagssituation eine abgrundtiefe Geschichte zu machen, ist die Passion der Autorin. Wenn sie zum Friseur geht, erscheint bald darauf ein Kurzkrimi, in dem ein Mann Frauen tötet, um an ihr Haar zu gelangen. („Der Friseurladen“, Regionalverlag Baden.) Fährt die Autorin mit der Straßenbahn, erfindet sie eine resolute, alte Dame, die mit einem Golfschläger bewaffnet, an einsamen Haltestellen Verbrecher hinrichtet. Nachzulesen im Kurzkrimi „Die Jahreskarte“, ebenfalls Regionalverlag Baden. Das ist der Alltags-Stoff, aus dem ihre Krimis sind. Zuletzt machte die Autorin Hausputz! Danach schrieb sie ihren brandneuen Kurzkrimi: „Ordnungswahn - Wer Unordnung macht, wird umgebracht!“, der die Inspiration für die vorliegende Anthologie lieferte. Die studierte Literaturwissenschaftlerin lebt in Mannheim und arbeitet in ihrem 1. Beruf bei einem der internationalen Konzerne in der Region. Ihre 2. Berufung ist das Schreiben. Sie ist Mitglied bei den Mörderischen Schwestern, für die sie sich vielfältig engagiert .

Monika Deutsch

Im Rheinland geboren und aufgewachsen, lebt die Autorin seit 29 Jahren in Rheinland-Pfalz.

Neben ihrer früheren Tätigkeit als Fahrzeugbaukonstrukteurin kann sie auf zahlreiche belletristische Veröffentlichungen zurückblicken. Seit sieben Jahren schreibt sie erfolgreich Kurzkrimis und andere Kurzgeschichten. Dabei entwickelt sie häufig eine Vorliebe für skurrile Charaktere und perfide Plots. Zum Beispiel in ihrem Weihnachtskrimi „Oh, du Fröhliche..." in „Tödliche Zimtsterne" oder in „Rauhnächte" in „Mordlichterglanz" (Leinpfad-verlag). 2017 belegte Monika Deutsch mit „Ein Leben, eine Nacht, fünf Minuten" den 2. Platz des Mannheimer Literaturpreises der ‚Räuber `77' und wurde mit ‚Bruderliebe' beim Fränkischen Krimipreis nominiert. Auch Gedichten und Märchen für Erwachsene gilt ihre Leidenschaft. 2018 erschien „Der Fang seines Lebens" („Neue und alte Märchen" jgim-Verlag). Archäologie und Geschichte sind ihre Hobbys, was in dem einen oder anderen Krimi positiv zum Tragen kommt. Bei den ‚Mörderischen Schwestern' ist sie seit 2014.

Roxana Ené

Geboren in Bukarest, lebt die bildende Künstlerin Roxana Ené nach Aufenthalten in USA und Griechenland im Taunus. Ihre farbenfrohe Kunst lebt von ihrer besonderen Kreativität, die in Handschrift und dem Umgang mit Stift und Farbe ihren Ausdruck findet. Angeregt durch ihren Sohn, den Künstler Alexander Ené, führt Roxana Ené seit 2010 Kinderhilfsprojekte in Rumänien durch, z. B. mit der Peter Maffay Stiftung oder Hospice-House of Hope. Seit kurzem arbeitet sie mit der eigenen Stiftung ROXY & KIDS ART. Neben Einzel-Ausstellungen in Bukarest war sie in zahlreichen Ausstellungen im Main-Taunus-Kreis vertreten, aktuell auf der Künstlerplattform ARTMAINTAUNUS. 2010 erhielt sie den Kunstpreis der Stadt Schwalbach in der Kategorie Fotografie. Ihr Buch „Do you see what I see?" wurde vom rumänischen Kultusministerium gefördert. Außerdem arbeitete sie als Buch-Illustratorin („Mordsmomente", „Killer for One"). In dieser Anthologie stammt auch die Cover-Illustration von ihr. www.roxygraphy.ro

Gina Greifenstein

Die gebürtige Unterfränkin strandete vor etwa 25 Jahren in der Südpfalz, wo sie als freie Autorin arbeitet. Angefangen hat alles mit Pixi-Büchern (Carlsen), aber dank ihrer Ausbildung zur Hauswirtschafterin und der Liebe zu gutem Essen schreibt sie auch sehr erfolgreich Kochbücher, z. B. die Bestseller „1 Teig – 50 Kuchen“ (Gräfe und Unzer) sowie „Pfälzer Tapas“ und „Noch mehr Pfälzer Tapas“, die im Leinpfad Verlag das Licht der Welt erblickten. Aber auch als Krimi-Autorin hat sie sich einen Namen gemacht. Aus ihrer Feder stammen jede Menge Kurzkrimis und mehrere Romane, darunter die 6-teilige Pfalz-Krimi-Reihe um die junge Kommissarin Paula Stern (Emons). Gerade im Piper Verlag erschienen ist ihr neuer „Frauen-Roman“ „Katastrophen haben kurz Beine“. Ihre Leidenschaft für das Kochen lässt sie stets in ihre kulinarischen Krimis einfließen – kein Wunder also, dass sie ihre Zuhörer bei Veranstaltungen nicht nur mit humorvollen Krimis, sondern auch mit kulinarischen Köstlichkeiten aus ihren Kochbüchern verwöhnt.

www.gina-greifenstein.de

Rita Hausen

Seit 2008 ist sie als Romanautorin tätig und hat seitdem sieben Bücher geschrieben, hauptsächlich Krimis und historische Romane wie „Schiller-Code“ und „Theaterblut“. Auch in Anthologien wie „Blutworscht-Blues“ und „Tödliche Schlückchen“ sind ihre originellen Kurzkrimis zu finden.

Sie wurde 1952 in Dernbach / Westerwald geboren, studierte Germanistik und Katholische Theologie in Bonn. Von 1981 bis 2008 war sie Lehrerin am Gymnasium. Rita Hausen lebt in Walldorf bei Heidelberg, zeitweise auch in einem abgelegenen Haus in Mecklenburg. Sie ist Mitglied bei den Mörderischen Schwestern und leitet seit vielen Jahren die Regiogruppe Mannheim Rhein-Main. Auch bei anderen Literaturvereinigungen wie Räuber77 ist sie aktiv, organisiert Lesungen und literarische Zusammentreffen. Die vielseitige Autorin ist außerdem Kunstmalerin von gegenständlichen und abstrakten Bildern in Pastell und Acryl mit regelmäßigen Ausstellungen in Walldorf und Umgebung.

www.rita-hausen.de

Angelika Lauriel

Geboren im Saarland, studierte sie Englisch und Französisch und lebte zeitweise in Frankreich, England und Italien. Heute ist sie mit ihrer fünfköpfigen Familie zurück im Saarland, arbeitet als Diplomübersetzerin und unterrichtet Deutsch als Zweitsprache an weiterführenden Schulen. Immer schon fasziniert von spannenden und gut erzählten Geschichten, begann sie nach der Geburt ihrer drei Söhne mit dem Schreiben von Geschichten und Büchern für Kinder, Jugendliche und Erwachsene. Ihre Werke sind von Humor, dem „allzu Menschlichen“ und gut gezeichneten Charakteren geprägt, wie bei „Der Tod steht mir nicht“ und „Bei Tränen Mord“ (Gmeiner Verlag) oder „Tote Männer essen kein Gelato“, einem Lucy-Schober-Krimi. Unter dem Pseudonym Laura Albers bringt sie auch Liebesromane heraus („Licht über den Reben“). Neben den Mörderischen Schwestern ist die Autorin Mitglied bei „DELIA - Vereinigung zur Förderung der deutschsprachigen Liebesromanliteratur.“

Sie singt mit ihrer Altstimme in einem Kammerchor.

www.angelikalauriel.de

Heidi Moor-Blank

Sie lebt und arbeitet in Landau in der Pfalz und ist hier auch geboren und zur Schule gegangen. Schon damals stand unter ihren Aufsätzen „Sehr schön, aber viel zu kurz!“

Also genau richtig für die Kurzkrimis, die sie seit vielen Jahren schreibt. Knackig. Schnell beim Thema, schnell zu Ende. Ihre Arbeit in einem Softwarehaus steht eigentlich im krassen Gegensatz zu ihrem mörderischen Hobby. Aber es gibt eine große Gemeinsamkeit: Logik! So entstand im Laufe der Zeit eine Fülle an Kurzkrimis, erschienen in den unterschiedlichsten Anthologien: Von „Die vielen Tode des Herrn S.“ in „Bayerisches Mordkompott“, über „Donau, so blau“ in “Donauleichen“, „Ein himmlisches Omelette“ in „Muscheln, Mousse und Messer“ und vieles mehr. Seit der Jahrtausendwende ist die Krimiautorin Mitglied in dem Netzwerk der „Mörderischen Schwestern“. Die Schreiblust war und ist ihr Ventil, ihre Leidenschaft gilt dem Theater, die sie seit vielen Jahren bei der „Kleinen Bühne Landau“ aktiv auslebt. Außerdem schwimmt und taucht sie gerne, wann immer es geht.

www.heidi-moor-blank.de

Ingrid Reidel

Die 1960 in Weinheim geborene Erzieherin und Mediengestalterin wuchs in einem kleinen Dorf am Rande des Odenwaldes auf. Dort, wo sich Fuchs und Hase „Gute Nacht" sagten. Gerne lauschte sie den sagenumwobenen Geschichten, die ihr Vater am heimeligen Ofen erzählte, und die sie später in ihrem Beruf an ihre Kinder weitergab. Doch erst nach dem makabereren Fund einer Urne ließ sie ihrer kriminellen Fantasie mit viel schwarzem Humor freien Lauf ... Sie wurde mehrmals bei Krimi-Wettbewerben ausgezeichnet, bis sie 2017 beim deutschen Kurzkrimipreis den 1. Platz belegte. Ingrid Reidel ist Mitglied bei der Vereinigung der Mörderischen Schwestern. Ihre skurrilen Krimis sind in ihrem Buch „Ab in die Urne" sowie Anthologien wie „Doudnsuppn Leichenschmaus", „Killer for One" und „Tödliche Schlückchen" zu finden. Sie lebt mit Mann und Leiche (ausgestopft, mit Plastikmesser im Rücken) in einem alten Bauernhaus in Weinheim. Sie liebt klassische Musik und Konfekt. www.ingrid-reidel.de

Marion Schmitt

Die Autorin wurde im Mai 1956 in Hofheim geboren und hat schon als Jugendliche Schulhefte mit selbst erfundenen Geschichten gefüllt. Im Laufe ihres Lebens ist sie viel gereist – der Taunus ist aber immer ihre Heimat geblieben. Es liegt nahe, dass ihre Geschichten an den Orten spielen, die Marion Schmitt kennen und schätzen gelernt hat. Fantasie und Gefühl, Abenteuer und Humor, Liebe und Hass, Spannung und Überraschung, Magie und alte Mythen sind die Welt, in der sich Marion Schmitt literarisch bewegt. Ihre Romane „Blonde Augen" und „Karierte Seele" zeigen das auf eindrucksvolle Weise. Dazwischen hat sie den Gedichtband „Seelenherbst" verfasst. In den Anthologien „Mordsmomente" sowie „Haarscharf und Zabbeduuster" der Bloody Maries sind dann ihre ersten Krimigeschichten im crimetime-Verlag erschienen. Es folgte 2018 ihr Episoden-Krimi „Unkelbach" mit dem gleichnamigen Protagonisten.
Marion Schmitt hat eine Tochter und lebt mit Familie und Hund in Hofheim.

www.die-autorenecke.de

Chris Silberer

Geboren am Internationalen Frauentag in Lahr, lebt die Autorin heute mit Familie und drei Katzen in der Nähe von Frankfurt. Sie studierte Marketing-Kommunikation und arbeitete viele Jahre in der Creation internationaler Werbeagenturen. 2005 erschien ihr Debut-Roman „Die Werbekatze“ (Wenz Verlag). Es folgten die Kriminalromane „Korbleger“, „Gute Wichte Böse Wichte“ und „Zwangsvermählt“ um die eigenwillige Frankfurter Kommissarin Gatti (crimetime-Verlag). Mit der von ihr gegründeten Autorinnengruppe, den „Bloody Maries“, brachte sie als Herausgeberin schwarz-humorige Anthologien heraus, von „Mords-momente bis „Killer for One“. Die vielseitige Autorin greift in ihren Werken gerne sozialkritische Themen auf, engagiert sich für Natur und interkulturelle Kunstprojekte (Intermezzo, Tabaluga) und führt Kurse für kreatives Schreiben durch. 2019 veranstaltete sie im Rahmen von LiteraturlandHessen einen Krimiwettbewerb für Kinder. Chris Silberer ist Mitglied bei dem Netzwerk der Mörderischen Schwestern. www.crimetime-verlag.de

CLEAN
UP
YOUR
ACT
stay
home
incense
powder

Crimetime-Verlag – Zeit für Gänsehaut